HÉSIODE ÉDITIONS

I

Vers la fin de l'année 1340, par une nuit froide mais encore belle de l'automne, un cavalier suivait le chemin étroit qui côtoie la rive gauche du Rhin. On aurait pu croire, attendu l'heure avancée et le pas rapide qu'il avait fait prendre à son cheval, si fatigué qu'il fût de la longue journée déjà faite, qu'il allait s'arrêter au moins pendant quelques heures dans la petite ville d'Oberwinter, dans laquelle il venait d'entrer ; mais, au contraire, il s'engagea du même pas, et en homme à qui elles sont familières, au milieu de rues étroites et tortueuses qui pouvaient abréger de quelques minutes son chemin, et reparut bientôt de l'autre côté de la ville, sortant par la porte opposée à celle par laquelle il était entré. Comme, au moment où l'on baissait la herse derrière lui, la lune, voilée jusque-là, venait justement d'entrer dans un espace pur et brillant comme un lac paisible, au milieu de cette mer de nuages qui roulait au ciel ses flots fantastiques, nous profiterons de ce rayon fugitif pour jeter un coup d'œil rapide sur le nocturne voyageur.

C'était un homme de quarante-huit à cinquante ans, de moyenne taille, mais aux formes athlétiques et carrées, et qui semblait, tant ses mouvements étaient en harmonie avec ceux de son cheval, avoir été taillé dans le même bloc de rocher. Comme on était en pays ami et, par conséquent, éloigné de tout danger, il avait accroché son casque à l'arçon de sa selle, et n'avait, pour garantir sa tête de l'air humide de la nuit, qu'un petit capuchon de mailles doublé de drap, qui, lorsque le casque était en son lieu ordinaire, retombait en pointe entre les deux épaules. Il est vrai qu'une longue et épaisse chevelure qui commençait à grisonner rendait à son maître le même service qu'aurait pu faire la coiffure la plus confortable, enfermant, en outre, comme dans son cadre naturel, sa figure à la fois grave et paisible comme celle d'un lion.

Quant à sa qualité, ce n'eût été un secret que pour le peu de personnes qui à cette époque ignoraient la langue héraldique ; car, en jetant les yeux sur son casque, on en voyait sortir, à travers une couronne de comte qui en formait le cimier, un bras nu levant une épée nue, tandis que de l'autre côté de la selle brillaient, sur fond de gueules, au bouclier attaché en regard, les trois étoiles d'or posées deux et une de la maison de Hombourg, l'une des plus vieilles et des plus considérées de toute l'Allemagne.

Maintenant, si l'on veut en savoir davantage sur le personnage que nous venons de mettre en scène, nous ajouterons que le comte Karl arrivait de Flandre, où il était allé, sur l'ordre de l'empereur Louis V de Bavière, prêter le secours de sa vaillante épée à Édouard III d'Angleterre, nommé, dix-huit mois auparavant, vicaire général de l'empire, lequel, grâce aux trêves d'un an qu'il venait de signer avec Philippe de Valois par l'intercession de madame Jeanne, sœur du roi de France et mère du comte de Hainaut, lui avait rendu momentanément sa liberté.

Parvenu à la hauteur du petit village de Melhem, le voyageur quitta la route qu'il avait suivie depuis Coblence pour prendre un sentier qui entrait directement dans les terres. Un instant le cheval et le cavalier s'enfoncèrent dans un ravin, puis bientôt reparurent de l'autre côté, suivant, à travers la plaine, un chemin qu'ils semblaient bien connaître tous deux.

En effet, au bout de cinq minutes de marche, le cheval releva la tête et hennit comme pour annoncer son arrivée, et, cette fois, sans que son maître eût besoin de l'exciter ni de la parole ni de l'éperon, il redoubla d'ardeur, si bien qu'au bout d'un instant ils laissèrent dans l'ombre, à leur gauche, le petit village de Godesberg, perdu dans un massif d'arbres, et, quittant le chemin qui conduit de Rolandseck à Bone, en prenant une seconde fois à gauche, ils s'avancèrent directement vers le château situé au haut d'une colline, et qui porte le même nom que la ville, soit qu'il l'ait reçu d'elle, soit qu'il le lui ait donné.

Il était dès-lors évident que le château de Godesberg était le but de la route du comte Karl ; mais ce qui était plus sûr encore, c'est qu'il allait arriver au lieu de sa destination au milieu d'une fête. À mesure qu'il gravissait le chemin en spirale qui partait du bas de la montagne et aboutissait à la grande porte, il voyait chaque façade à son tour jeter de la lumière par toutes ses fenêtres ; puis, derrière les tentures chaudement éclairées, se mouvoir des ombres nombreuses dessinant des groupes variés. Il n'en continua pas moins sa route, quoiqu'il eût été facile de juger, au léger froncement de ses sourcils, qu'il eût préféré tomber au milieu de l'intimité de la famille que dans le tumulte d'un bal, de sorte que, quelques minutes après, il franchissait la porte du château.

La cour était pleine d'écuyers, de valets, de chevaux et de litières ; car, ainsi que nous l'avons dit, il y avait fête à Godesberg. Aussi à peine le comte Karl eut-il mis pied à terre, qu'une troupe de valets et de serviteurs se présenta pour s'emparer de son cheval, et le conduire dans les écuries. Mais le chevalier ne se séparait pas si facilement de son fidèle compagnon : aussi n'en voulut-il confier la garde à personne, et, le prenant lui-même par la bride, le conduisit-il dans une écurie isolée, où l'on mettait les propres chevaux du landgrave de Godesberg.

Les valets, quoique étonnés de cette hardiesse, le laissèrent faire ; car le chevalier avait agi avec une telle assurance, qu'il leur avait inspiré cette conviction qu'il avait le droit de faire ainsi.

Lorsque Hans, c'était le nom que le comte donnait à son cheval, eut été attaché à l'une des places vacantes, que sa litière eut été confortablement garnie de paille, son auge d'avoine et son râtelier de foin, le chevalier songea alors à lui-même, et, après avoir fait quelques caresses encore au noble animal, qui interrompit son repas déjà commencé pour répondre par un hennissement, il s'achemina vers le grand escalier, et, malgré l'encombrement formé dans toutes les voies par les pages et les écuyers, il parvint jusqu'aux appartements où se trouvait réunie pour le moment toute la noblesse des environs.

Le comte Karl s'arrêta un instant à l'une des portes du salon principal pour jeter un coup d'œil sur l'ensemble le plus brillant de la fête. Elle était animée et bruyante, toute bariolée de jeunes gens vêtus de velours et de nobles dames aux robes blasonnées ; et, parmi ces jeunes gens et ces nobles dames, le plus beau jeune homme était Othon, et la plus belle châtelaine madame Emma, l'un le fils et l'autre la femme du landgrave Ludwig de Godesberg, seigneur du château et frère d'armes du bon chevalier qui venait d'arriver.

Au reste, l'apparition de celui-ci avait fait son effet : seul au milieu de tous les invités, il apparaissait, comme Vilhelm à Lenore, tout couvert encore de son armure de bataille dont l'acier sombre contrastait étrangement avec les couleurs joyeuses et vives du velours et de la soie. Aussi tous les yeux se tournèrent-ils aussitôt de son côté, à l'exception cependant de ceux du comte Ludwig, qui, debout à la porte opposée, paraissait plongé dans une préoccupation si profonde, que ses regards ne changèrent pas un instant de direction.

Karl reconnut son vieil ami, et, sans s'inquiéter autrement de la chose qui le préoccupait, il fit le tour par les appartements voisins, et, après une lutte acharnée mais victorieuse avec la foule, il atteignit cette chambre reculée, à l'une des portes de laquelle il aperçut, en entrant par l'autre, le comte Ludwig n'ayant point changé d'attitude et toujours sombre et debout.

Karl s'arrêta de nouveau un instant pour examiner cette étrange tristesse, plus étrange encore chez l'hôte lui-même, qui semblait avoir donné aux autres toute la joie et n'avoir gardé que les soucis ; puis enfin il s'avança, et, voyant qu'il était arrivé jusqu'à son ami sans que le bruit de ses pas eût pu le tirer de sa préoccupation, il lui posa la main sur l'épaule.

Le landgrave tressaillit et se retourna. Son esprit et sa pensée étaient si profondément enfoncés dans un ordre d'idées différent de celui qui venait le distraire, qu'il regarda quelque temps, et sans le reconnaître à visage découvert, celui que, dans un autre temps, il eût nommé, visière baissée, au milieu de toute la cour de l'empereur. Mais Karl prononça le nom de Ludwig et tendit les bras ; le charme fut rompu, Ludwig se jeta sur la poitrine de son frère d'armes, plutôt en homme qui y cherche un refuge contre une grande douleur qu'en ami joyeux de revoir un ami.

Cependant ce retour inattendu parut produire sur l'hôte soucieux de cette joyeuse fête une heureuse distraction. Il entraîna l'arrivant à l'autre extrémité de la chambre, et, là, le faisant asseoir sur une large stalle de chêne surmontée d'un dais de drap d'or, il prit place près de lui ; et, tout en cachant sa tête dans l'ombre et lui prenant la main, il lui demanda le récit de ce qui lui était arrivé pendant cette longue absence de trois ans qui les avait séparés l'un et l'autre.

Karl lui raconta tout avec la prolixité guerrière d'un vieux soldat ; comment les troupes anglaises, brabançonnes et impériales, conduites par Édouard III lui-même, étaient venues mettre le siège devant Cambrai, brûlant et ravageant tout ; comment les deux armées s'étaient rencontrées à Buironfosse sans combattre, parce qu'un message du roi de Sicile, qui était très-savant en astrologie, était venu annoncer, au moment d'en venir aux mains, à Philippe de Valois, que toute bataille qu'il livrerait aux Anglais et dans laquelle commanderait Édouard en personne lui serait fatale (prédiction qui se réalisa plus tard à Crécy), et comment enfin des trêves d'un an avaient été conclues entre les deux rois rivaux en la plaine d'Esplechin, et cela, comme nous l'avons dit, à la requête et prière de madame Jeanne de Valois, sœur du roi de France.

Le landgrave avait écouté ce récit avec un silence qui pouvait jusqu'à un certain point passer pour de l'attention, quoique de temps en temps il se fût levé avec une inquiétude visible pour aller jeter un coup d'œil dans la salle de bal ; mais, comme, à chaque fois, il était revenu prendre sa place, le narrateur, momentanément interrompu, n'en avait pas moins continué son récit, comprenant cette nécessité dans laquelle se trouve un maître de maison de suivre des yeux l'ordonnance de la fête qu'il donne, afin que rien ne manque de ce qui peut la rendre agréable aux convives invités.

Cependant, attendu qu'à la dernière interruption le landgrave, comme s'il eût oublié son ami, ne revenait pas prendre place auprès de lui, celui-ci se leva ; il se rapprocha de nouveau de la porte du bal par laquelle entrait dans cette petite chambre retirée et sombre un flot de lumière, et, cette fois, celui qu'il venait rejoindre l'entendit, car il leva le bras sans détourner la tête.

Le comte Karl prit la place indiquée par ce geste, et le bras du landgrave retomba sur l'épaule de son frère d'armes, qu'il serra convulsivement contre lui.

Il se passait évidemment une lutte terrible et secrète dans le cœur de cet homme, et néanmoins Karl avait beau jeter les yeux sur cette foule joyeuse qui tourbillonnait devant lui, il ne remarquait rien qui pût indiquer la cause d'une pareille émotion ; mais elle était trop visible pour qu'un ami aussi dévoué que le comte ne s'en aperçût pas et n'en prît point quelque inquiétude. Cependant, celui-ci resta muet, comprenant que le premier devoir de l'amitié est la religion du secret pour les choses qu'elle veut cacher ; mais aussi, dans les cœurs habitués à se deviner, il existe un contact sympathique : de sorte que le landgrave, comprenant ce silence intime, regarda son ami, passa la main sur son front, poussa un soupir ; puis, après un dernier moment d'hésitation :

– Karl, lui dit-il d'une voix sourde et en lui montrant du doigt son fils, ne trouves-tu pas qu'Othon ressemble étrangement, à ce jeune seigneur qui danse avec sa mère ?

Le comte Karl tressaillit à son tour. Ce peu de paroles était pour lui ce qu'est pour le voyageur perdu dans le désert un éclair illuminant la nuit ; à sa lueur orageuse, si rapide qu'elle eût été, il avait vu le précipice, et cependant, quelque amitié qu'il eût pour le landgrave, la ressemblance était si frappante de l'adolescent à l'homme, que le comte ne put s'empêcher de lui répondre, quoiqu'il devinât l'importance de sa réponse :

– C'est vrai, Ludwig, on dirait deux frères.

Cependant, à peine eut-il prononcé ces mots, que, sentant un frisson courir par tout le corps de celui contre lequel il était appuyé, il se hâta d'ajouter :

– Après tout, qu'est-ce que cela prouve ?

– Rien, répondit le landgrave d'une voix sourde ; seulement, j'étais bien aise d'avoir ton avis là-dessus. Maintenant, viens me raconter la fin de ta campagne.

Et il le ramena sur cette même stalle où Karl avait commencé son récit, récit que le comte acheva, cette fois, sans être interrompu.

À peine cessait-il de parler, qu'un homme parut à la porte par laquelle Karl était entré. À sa vue, le landgrave se leva vivement et s'avança vers lui. Les deux hommes se parlèrent un instant à voix basse sans que Karl pût rien entendre de ce qu'ils disaient. Cependant il vit facilement, à leurs gestes, qu'il s'agissait d'une communication de la plus haute importance, et il en fut plus convaincu que jamais lorsqu'il vit revenir à lui le landgrave avec un visage plus sombre qu'auparavant.

– Karl, dit Ludwig, mais sans s'asseoir cette fois, tu dois, après une route aussi longue que celle que tu as faite aujourd'hui, avoir plus besoin de repos que de bals et de fêtes. Je vais te faire conduire à ton appartement. Bonne nuit ; nous nous reverrons demain.

Karl vit que son ami désirait être seul ; il se leva sans répondre, lui serra silencieusement la main, l'interrogeant une dernière fois du regard ; mais le landgrave ne lui répondit que par un de ces sourires tristes qui indiquent au cœur que le moment n'est pas encore venu de lui confier le dépôt sacré qu'il réclame. Karl lui indiqua par un dernier serrement de main qu'à toute heure il le trouverait, et se retira dans l'appartement qui lui était destiné et jusqu'où, tout éloigné qu'il était, le bruit de la fête parvenait encore.

Le comte se coucha l'âme remplie d'idées tristes et l'oreille pleine de sons joyeux ; pendant quelque temps, cet étrange contraste écarta le sommeil par sa lutte. Mais enfin la fatigue l'emporta sur l'inquiétude, le corps vainquit l'âme. Peu à peu, les pensées et les objets devinrent moins distincts, ses sens s'engourdirent et ses yeux se fermèrent. Il y eut encore entre ce moment de somnolence et le sommeil réel un intervalle pareil à celui du crépuscule qui sépare le jour de la nuit, intervalle bizarre et indescriptible pendant lequel la réalité se confond avec le rêve, de manière qu'il n'y a ni rêve ni réalité ; puis un repos profond lui succéda.

Il y avait si longtemps que le chevalier ne dormait plus que sous une tente et dans son harnais de guerre, qu'il céda avec volupté aux douceurs d'un bon lit, si bien que, lorsqu'il se réveilla, il vit tout d'abord, au jour, que la matinée devait être assez avancée. Mais aussitôt un spectacle inattendu et qui lui rappelait toute la scène de la veille s'offrit à sa vue et attira toute son attention. Le landgrave était assis dans un fauteuil, immobile et la tête inclinée sur sa poitrine, comme s'il attendait le réveil de son ami, et cependant sa rêverie était si profonde, qu'il ne s'était pas aperçu de ce réveil. Le comte le regarda un instant en silence ; puis, voyant que deux larmes roulaient sur ses joues creuses et pâlies, il n'y put tenir plus longtemps, et, tendant les bras vers lui :

– Ludwig ! s'écria-t-il, au nom du ciel ! qu'y a-t-il donc ?

– Hélas ! hélas ! répondit le landgrave, il y a que je n'ai plus ni femme ni fils !

Et, à ces mots, se levant avec effort, il vint, en chancelant comme un homme ivre, tomber dans les bras que le comte ouvrait pour le recevoir.

## II

Pour l'intelligence des faits qui vont suivre, il faut que nos lecteurs consentent à remonter avec nous dans le passé.

Il y avait seize ans que le landgrave était marié ; il avait épousé la fille du comte de Ronsdorf, qui avait été tué en 1316, pendant les guerres entre Louis de Bavière, pour lequel il avait pris parti, et Frédéric le Beau d'Autriche, et dont les propriétés étaient situées sur la rive droite du Rhin, au-delà et au pied de cette chaîne de collines appelée les Sept-Monts. La douairière de Ronsdorf, femme d'une haute vertu et d'une réputation intacte, était alors restée veuve avec sa fille unique âgée de cinq ans ; mais, comme elle était de race princière, elle avait soutenu pendant son veuvage la splendeur primitive de sa maison, de sorte que sa suite continua d'être une des plus élégantes des châteaux environnants.

Quelque temps après la mort du comte, la maison de la douairière de Ronsdorf s'augmenta d'un jeune page, fils, disait-elle, d'une de ses amies morte sans fortune. C'était un bel enfant, plus âgé qu'Emma de trois ou quatre ans à peine ; et, dans cette occasion, la comtesse ne démentit point sa réputation de généreuse bonté. Le petit orphelin fut reçu par elle comme un fils, élevé près de sa fille, et partagea avec celle-ci les caresses de la douairière, et cela d'une manière si égale, qu'il était difficile de distinguer lequel des deux était l'enfant de ses entrailles ou l'enfant de son adoption.

Ils grandirent ainsi l'un auprès de l'autre, et beaucoup disaient l'un pour l'autre, lorsqu'au grand étonnement de la noblesse des bords du Rhin, le jeune comte Ludwig de Godesberg, âgé de dix-huit ans alors, fut fiancé à la petite Emma de Ronsdorf, qui n'en avait encore que dix ; seulement il fut convenu entre le vieux margrave et la douairière que les fiancés attendraient cinq ans encore avant d'être époux.

Pendant ce temps, Emma et Albert grandissaient ; l'un devenait un beau chevalier et l'autre une gracieuse jeune fille ; la comtesse de Ronsdorf avait, au reste, surveillé avec un soin extrême les progrès de leur amitié, et reconnu avec plaisir que, si vive que fût leur affection, elle n'avait aucun des caractères de l'amour. Cependant Emma avait treize ans et Albert dix-huit ; leur cœur, comme une rose en bouton, allait s'ouvrir au premier souffle de l'adolescence : c'était ce moment que redoutait pour eux la comtesse. Malheureusement, en ce moment même, elle tomba malade ; quelque temps on espéra que la force de la jeunesse (la comtesse douairière avait à peine trente-quatre ans) triompherait de l'opiniâtreté de la maladie.

On se trompait, elle était mortellement atteinte. Elle le sentit elle-même, fit venir son médecin et l'interrogea avec tant d'insistance et de fermeté, qu'il ne put se refuser à lui dire que la science des hommes était insuffisante, et qu'il n'y avait plus pour elle de secours à attendre que du ciel. La comtesse reçut cette nouvelle en chrétienne, fit venir Albert et Emma, leur ordonna de s'agenouiller devant son lit, et, la voix basse, et sans autre témoin que Dieu, elle leur révéla un secret que personne n'entendit. Seulement on remarqua avec étonnement qu'à l'heure de l'agonie, au lieu que ce fût la mourante qui bénît les enfants, ce furent les enfants qui bénirent la mourante, et qu'ils eurent l'air de lui pardonner d'avance sur la terre une faute dont elle allait sans doute recevoir l'absolution dans le ciel.

Le même jour où cette confidence avait été faite, la comtesse trépassa saintement, et Emma, qui avait encore une année à attendre avant de devenir de fiancée épouse, alla passer cette année au couvent de Nonenwerth, bâti au milieu du Rhin, sur l'île du même nom, située en face du petit village de Honnef. Quant à Albert, il resta à Ronsdorf, et la douleur qu'il montra de la perte de sa bienfaitrice fut égale à celle qu'il eût éprouvée pour une mère.

Le temps fixé s'écoula, Emma avait atteint sa quinzième année, et elle avait continué de fleurir, au milieu de ses larmes, et dans son île sainte, comme une de ces fraîches roses des eaux qui flottent à la surface des lacs, tout étincelantes de rosée. Ludwig rappela au vieux landgrave l'engagement pris par la douairière et ratifié par sa fille : c'est que depuis un an le jeune homme avait constamment dirigé ses promenades vers le Rolandwerth, jolie colline qui domine le fleuve et du haut de laquelle on voit, étendue au-dessous de soi et coupant le courant comme ferait la proue d'un vaisseau, l'île gracieuse au milieu de laquelle s'élève encore aujourd'hui le monastère devenu une auberge.

Là il passait des heures entières les yeux fixés sur le cloître, car souvent une jeune fille qu'il reconnaissait à son habit de novice qu'elle devait quitter bientôt, venait elle-même s'asseoir sous les arbres qui bordent le Rhin, et là, restait des heures entières immobile et plongée dans une rêverie qui avait peut-être pour cause le même objet qui attirait Ludwig. Il n'était donc pas étonnant que le jeune homme se souvînt le premier que le deuil était expiré et qu'il rappelât au landgrave, que, par un hasard favorable, cette époque correspondait avec celle fixée pour la célébration de son mariage.

Par une espèce de convention tacite, chacun regardait Albert, qui avait alors vingt ans à peine, mais qui s'était toujours fait remarquer par une gravité au-dessus de son âge, comme le tuteur d'Emma ; ce fut donc à lui que le landgrave rappela que l'époque était venue de remplacer les vêtements de deuil par les habits de fête. Albert se rendit au couvent, prévint Emma que le jeune Ludwig réclamait la promesse faite par sa mère. Emma rougit et tendit la main à Albert en lui répondant qu'elle était prête à le suivre partout où il la conduirait.

Le voyage n'était pas long, il n'y avait que la moitié du Rhin à traverser et deux lieues à faire le long de ses rives ; ce n'était donc point le trajet qui devait retarder le moment tant désiré par le jeune comte. Aussi, trois jours après l'expiration de sa quinzième année, Emma, accompagnée d'une suite digne de l'héritière de Ronsdorf, et, conduite par Albert, fut-elle remise aux mains de son seigneur et maître le comte Ludwig de Godesberg.

Deux années, pendant lesquelles la jeune comtesse mit au monde un fils qui fut appelé Othon, s'écoulèrent dans un bonheur parfait. Albert, qui avait trouvé une nouvelle famille, avait passé ces deux années tantôt à Ronsdorf, tantôt à Godesberg, et, pendant ce temps, avait atteint l'âge où un homme de noble race doit faire ses premières armes. Il avait, en conséquence, pris du service comme écuyer parmi les troupes de Jean de Luxembourg, roi de Bohême, l'un des plus braves chevaliers de son époque, et l'avait suivi au siège de Cassel, où il était venu donner bonne aide au roi Philippe de Valois, qui avait entrepris de rétablir le comte Louis de Crécy dans ses États, dont il avait été chassé par les bonnes gens de Flandre.

Il s'était donc trouvé à la bataille où ceux-ci furent taillés en pièces sous les murs de Cassel, et, pour son coup d'essai, il avait fait une telle déconfiture de vilains, que Jean de Luxembourg l'avait nommé chevalier sur le champ de bataille. La victoire avait, au reste, été si décisive, qu'elle avait terminé la campagne du coup, et que la Flandre se trouvant pacifiée, Albert était revenu au château de Godesberg, tout fier qu'il était de montrer à Emma sa chaîne d'or et ses éperons.

Il trouva le comte absent pour le service de l'empereur ; les Turcs avaient fait une invasion en Hongrie, et, à l'appel de Louis V, Ludwig était parti avec son frère d'armes le comte Karl de Hombourg ; il n'en fut pas moins bien reçu au château de Godesberg, où il demeura près de six mois. Au bout de ce temps, fatigué de son inaction et voyant les souverains de l'Europe assez tranquilles entre eux, il était parti pour guerroyer contre les Sarrasins d'Espagne, à qui Alphonse XI, roi de Castille et de Léon, faisait la guerre. Là il avait fait des prodiges de valeur en combattant contre Muley-Mohamed ; mais, ayant été blessé grièvement devant Grenade, il était revenu une seconde fois à Godesberg, où il avait retrouvé le mari d'Emma, qui venait de se mettre en possession du titre et des biens du vieux landgrave, qui était passé de vie à trépas vers le commencement de l'année 1332.

Le jeune Othon grandissait, c'était un beau garçon de cinq ans, à la tête blonde, aux joues roses et aux yeux bleus. Le retour d'Albert fut une fête pour toute la famille et surtout pour l'enfant, qui l'aimait beaucoup. Albert et Ludwig se revirent avec plaisir ; tous deux venaient de combattre contre les infidèles, l'un au midi, l'autre au nord ; tous deux avaient été vainqueurs et tous deux rapportaient de nombreux récits pour les longues soirées d'hiver : aussi une année s'écoula-t-elle comme un jour ; mais, au bout de cette année, le caractère aventureux d'Albert l'emporta de nouveau : il visita les cours de France et d'Angleterre, suivit le roi Édouard dans sa campagne contre l'Écosse, rompit une lance avec James Douglas, puis, se retournant contre la France, il était revenu prendre l'île de Cadsant avec Gauthier de Mauny ; se retrouvant alors sur le continent, il en avait profité pour faire une visite à ses anciens amis, et était rentré pour la troisième fois au château de Godesberg, où il avait trouvé un nouvel hôte.

C'était un des parents du landgrave, nommé Godefroy, qui, n'ayant rien à espérer de la fortune paternelle, avait tenté de s'en faire une dans les armes. Lui aussi avait été combattre les infidèles, mais en Terre Sainte : les liens de parenté, le renom qu'il avait acquis dans la croisade, un certain luxe qui annonçait que sa foi avait porté plutôt le caractère de l'exaltation que celui du désintéressement, lui avaient ouvert les portes du château de Godesberg comme à un hôte distingué ; puis bientôt Hombourg et Albert s'étant éloignés, il était arrivé à rendre sa société à peu près indispensable au landgrave Ludwig, qui l'avait retenu lorsqu'il avait voulu s'en aller. Godefroy était donc établi au château, non plus comme hôte, mais sur le pied de commensal.

L'amitié a sa jalousie comme l'amour : soit prévention, soit réalité, Albert crut voir que Ludwig le recevait avec plus de froideur que de coutume ; il s'en plaignit à Emma, qui lui dit que, de son côté, elle s'apercevait de quelque changement dans les manières de son mari à son égard.

Albert resta quinze jours à Godesberg, puis, sous prétexte que Ronsdorf réclamait sa présence pour des réparations indispensables, il traversa le fleuve et la petite gorge de montagnes qui séparaient seuls un domaine de l'autre et quitta le château.

Au bout de quinze jours, il reçut des nouvelles d'Emma. Elle ne comprenait rien au caractère de son mari ; mais, de doux et bienveillant qu'elle l'avait toujours connu, il était devenu défiant et taciturne. Il n'y avait pas jusqu'au jeune Othon qui n'eût à souffrir de ses brusqueries inconnues jusqu'alors, et cela était d'autant plus sensible à la mère et à l'enfant qu'ils avaient été jusqu'alors, de la part du landgrave, les objets de l'affection la plus vive et la plus profonde. Au reste, à mesure que cette affection diminuait, ajoutait Emma, Godefroy paraissait faire des progrès étranges dans la confiance du landgrave, comme s'il héritait de cette partie de sentiments que celui-ci enlevait à sa femme et à son fils, pour les reporter sur un homme qui lui était presque étranger.

Albert plaignit du fond de son cœur cette haine de soi-même qui fait que l'homme heureux, comme s'il était tourmenté de son bonheur, cherche tous les moyens de le modérer ou de l'éteindre, comme il ferait d'un feu trop violent auquel il craindrait de voir consumer son cœur. Les choses en étaient arrivées à ce point lorsqu'il reçut, comme toute la noblesse des environs, une invitation pour se rendre au château de Godesberg, le landgrave donnant une fête pour l'anniversaire de la naissance d'Othon, qui venait d'entrer dans sa seizième année.

Cette fête, à la fin de laquelle nous avons introduit nos lecteurs dans le château, produisait, comme nous l'avons dit, un contraste singulier avec la tristesse de celui qui la donnait ; c'est que, dès le commencement du bal, Godefroy avait fait remarquer au landgrave, comme une chose qui le frappait pour la première fois, la ressemblance d'Othon avec Albert.

En effet, à l'exception de cette fleur de jeunesse qui brillait sur le visage de l'adolescent et qu'avait brûlée chez l'homme le soleil d'Espagne, c'étaient les mêmes cheveux blonds, les mêmes yeux bleus, et il n'y avait pas même jusqu'à certaines expressions de physionomie, dont la ressemblance indique le même sang, qu'on ne pût remarquer entre eux avec une attention un peu soutenue.

Cette révélation avait été un coup de poignard pour le landgrave ; depuis longtemps, grâce à Godefroy, il suspectait la pureté des relations d'Emma et d'Albert ; mais l'idée que ces relations coupables existaient déjà avant son mariage, l'idée plus poignante encore, et à laquelle cette ressemblance singulière donnait une nouvelle force, qu'Othon, qu'il avait tant aimé, était l'enfant de l'adultère, brisait son cœur et le rendait presque insensé. Ce fut en ce moment, comme nous l'avons raconté, qu'arriva le comte Karl, et nous avons vu qu'emporté par la vérité, celui-ci avait encore augmenté la douleur de son malheureux ami en avouant que cette ressemblance d'Albert et d'Othon était incontestable ; cependant, comme nous l'avons vu, il s'était retiré sans attacher à la tristesse de Ludwig toute l'importance qu'elle avait acquise véritablement.

C'est que cet homme qui était venu parler si mystérieusement au landgrave, dans la petite chambre où il s'était retiré avec Karl, était ce même Godefroy dont la présence avait fait naître dans l'heureuse famille le premier trouble qui eût obscurci son bonheur. Il venait lui dire qu'il croyait être sûr, d'après quelques paroles qu'il avait entendues, qu'Emma avait accordé un rendez-vous à Albert, qui devait partir dans la nuit même pour l'Italie, où il allait commander un corps de troupes qu'y envoyait l'empereur ; la certitude de cette trahison était au reste facile à acquérir : le rendez-vous était donné à l'une des portes du château, et Emma devait traverser tout le jardin pour s'y rendre.

Une fois entré dans la voie du soupçon, on ne s'arrête plus ; aussi le landgrave, voulant, à quelque prix que ce fût, acquérir une certitude, étouffa-t-il ce sentiment généreux et instinctif qui fait que tout homme de cœur répugne à s'abaisser au métier d'espion ; il rentra dans sa chambre avec Godefroy, et, entrouvrant la fenêtre qui donnait sur le jardin, il attendit avec anxiété cette dernière preuve qui devait amener chez lui une décision encore incertaine. Godefroy ne s'était pas trompé.

Vers les quatre heures du matin, Emma descendit le perron, traversa furtivement le jardin et s'enfonça dans un massif d'arbres qui cachait la porte. Cette disparition dura dix minutes à peu près ; puis elle revint jusqu'au perron en compagnie d'Albert, au bras duquel elle était appuyée. À la lueur de la lune, le landgrave les vit s'embrasser, et il lui sembla même distinguer sur le visage renversé de l'épouse les larmes que lui faisait répandre le départ de son amant.

Dès lors il n'y eut plus de doute pour Ludwig, et il prit aussitôt la résolution d'éloigner de lui l'épouse coupable et l'enfant de l'adultère. Une lettre remise à Godefroy ordonnait à Emma de le suivre, et l'ordre fut donné au chef des gardes d'arrêter Othon au point du jour et de le conduire à l'abbaye de Kirberg, près de Cologne, où il changerait l'avenir brillant du chevalier contre l'étroite cellule d'un moine.

Cet ordre venait d'être accompli, et Emma et Othon étaient depuis une heure sortis du château, l'un pour se rendre au monastère de Nonenwerth et l'autre à l'abbaye de Kirberg, lorsque le comte Karl se réveilla, et, comme nous l'avons raconté, trouva près de lui son vieil ami, pareil à un chêne dont le vent a enlevé les feuilles et la foudre brisé les branches.

Hombourg écouta avec une affliction grave et affectueuse le récit que Ludwig lui fit de tout ce qui s'était passé. Puis, sans essayer de consoler ni le père ni l'époux :

– Ce que je ferai sera bien fait, n'est-ce pas ? lui dit-il.

– Oui, répondit le landgrave ; mais que peux-tu faire ?

– Cela me regarde, reprit le comte Karl.

Et, embrassant son ami, il s'habilla, ceignit son épée, sortit de la chambre, descendit aux écuries, sella lui-même son fidèle Hans, et reprit lentement, et dans des idées bien différentes, le chemin en spirale que la veille, il avait franchi d'une course si rapide et dans un espoir si doux.

Arrivé au bas de la colline, le comte Karl prit le chemin de Rolandseck, qu'il suivit lentement et plongé dans une rêverie profonde, laissant à son cheval liberté entière de le conduire d'une course lente ou rapide ; cependant, arrivé à un chemin creux au fond duquel était une petite chapelle où priait un prêtre, il regarda autour de lui, et, voyant probablement que le lieu était tel qu'il pouvait le désirer, il s'arrêta.

En ce moment le prêtre, qui sans doute avait fini sa prière, se relevait et allait partir. Mais Karl l'arrêta, lui demandant s'il n'y avait pas d'autre chemin pour se rendre du couvent au château, et, sur sa réponse négative, il le pria de s'arrêter, attendu que probablement, avant qu'il fût longtemps, un homme allait avoir besoin de son ministère. Le prêtre comprit à la voix calme du vieux chevalier qu'il avait dit vrai, et, sans demander qui était condamné, pria pour celui qui allait mourir.

Le comte Karl était un de ces types de la vieille chevalerie qui commençaient déjà à disparaître au xve siècle, et que Froissard décrit avec tout l'amour que porte l'antiquaire à un débris des temps passés. Pour lui, tout relevait de l'épée et dépendait de Dieu, et, dans sa conscience, l'homme était certain de ne pas errer en remettant chaque chose à son jugement. Or, le récit du landgrave lui avait inspiré sur les intentions de Godefroy des doutes que la réflexion avait presque changés en certitude ; d'ailleurs personne, excepté ce conseiller funeste, n'avait jamais mis en doute l'amour et la fidélité d'Emma pour son époux. Il avait été l'ami du comte de Ronsdorf comme il était celui du landgrave de Godesberg. Leur bonheur à tous deux faisait une part du sien ; c'était donc à lui d'essayer de leur rendre cette splendeur ternie un moment par un calomniateur ; en conséquence de cette résolution, il avait pris, sans en rien dire à personne, le parti de venir l'attendre sur le chemin qu'il devait suivre, et là, de lui faire avouer sa trahison ou de lui faire rendre l'âme, et, au besoin même, de mener à bout cette double entreprise.

Alors, il baissa la visière de son casque, fit arrêter Hans au milieu de la route, et cheval et cavalier demeurèrent une heure immobile comme une statue équestre. Au bout de ce temps, il vit apparaître, à l'extrémité du chemin creux, un chevalier armé de toutes pièces. Celui-ci s'arrêta un instant, voyant le passage gardé ; mais, s'étant assuré que celui qui le gardait était seul, il se contenta de s'asseoir sur ses arçons, de s'assurer que son épée sortait facilement du fourreau, et continua sa route. Arrivé à quelques pas du comte, et voyant que celui-ci ne paraissait pas avoir l'intention de se déranger, il s'arrêta à son tour.

– Messire chevalier, lui dit-il, êtes-vous le seigneur de céans, et votre intention est-elle de fermer le chemin à tout voyageur qui passe ?

– Non pas à tous, messire, répondit Karl, mais à un seul, et celui-là est un lâche et un traître, à qui j'ai à demander raison de sa trahison et de sa lâcheté.

– La chose alors ne pouvant me regarder, continua Godefroy, je vous prierai de ranger votre cheval à droite ou à gauche, afin qu'il y ait, sur le milieu de la route, place pour deux hommes du même rang.

– Vous vous trompez, messire, répondit le comte Karl avec la même tranquillité, et cela, au contraire, ne regarde que vous ; quant à partager le haut du pavé avec un misérable calomniateur, c'est ce que ne fera jamais un noble et loyal chevalier.

Le prêtre s'élança alors entre les deux hommes.

– Frères, leur dit-il, voudriez-vous vous égorger ?

– Vous vous trompez, messire prêtre, répondit le comte, cet homme n'est pas mon frère, et je ne tiens pas précisément à ce qu'il meure Qu'il avoue avoir calomnié la comtesse Ludwig de Godesberg, et je le laisse libre d'aller faire pénitence où il voudra.

– Il ne lui manquait plus, comme preuve d'innocence, dit en riant Godefroy, qui prenait le cavalier pour Albert, que d'être si bien défendue par son amant.

– Vous vous trompez, répondit le chevalier en secouant sa tête masquée de fer, je ne suis pas celui que vous croyez, je suis le comte Karl de Hombourg Je n'ai donc contre vous que la haine que j'ai pour tout traître, que le mépris que j'ai pour tout calomniateur Avouez que vous avez menti, et vous êtes libre.

– Ceci, répondit en riant Godefroy, est une affaire qui ne regarde que Dieu et moi.

– Que Dieu la juge donc ! s'écria le comte Karl en se préparant au combat.

– Ainsi soit-il, murmura Godefroy en abaissant d'une main sa visière et en tirant de l'autre son épée.

Le prêtre se remit en prières.

Godefroy était brave, et il avait donné plus d'une preuve de son courage en Palestine, mais alors il combattait pour Dieu, au lieu de combattre contre Dieu. Aussi, quoique le combat fût long et acharné, quoi qu'il fît en courageux et habile homme d'armes, il ne put résister à la force que donnait au comte Karl la conscience de son droit : il tomba percé d'un coup d'épée qui était entré dans la cuirasse et avait profondément pénétré dans la poitrine Quant au cheval de Godefroy, effrayé de la chute de son maître, il reprit la route par laquelle il était venu et disparut bientôt derrière le sommet du chemin creux.

— Mon père, dit tranquillement le comte Karl au prêtre tremblant de frayeur, je crois que vous n'avez pas de temps à perdre pour accomplir votre sainte mission. Voilà la confession que je vous avais promise ; hâtez-vous de la recevoir.

Et, remettant son épée dans le fourreau, il reprit sa monumentale immobilité.

Le prêtre s'approcha du moribond, qui s'était relevé sur un genou et sur une main, mais qui n'avait pu faire davantage. Il lui détacha son casque, il avait le visage pâle et les lèvres pleines de sang. Karl crut un instant qu'il ne pourrait point parler, mais il se trompait. Godefroy s'assit, et le prêtre, agenouillé près de lui, écouta la confession qu'il lui fit d'une voix basse et entrecoupée. Aux derniers mots, le blessé sentit que sa fin était proche, et, avec l'aide du prêtre, s'étant mis à genoux, il leva les deux mains au ciel en disant à trois reprises.

— Seigneur, Seigneur, pardonnez-moi !

Mais, à la troisième, il poussa un profond soupir et retomba sans mouvement. Il était mort.

– Mon père, dit le comte Karl au prêtre, n'êtes-vous pas autorisé à révéler la confession qui vient de vous être faite ?

– Oui, répondit le prêtre, mais à une seule personne : au landgrave de Godesberg.

– Montez donc sur mon cheval, continua le chevalier en mettant pied a terre, et allons le trouver.

– Que faites-vous, mon frère ? répondit le prêtre, habitué à voyager d'une manière plus humble.

– Montez, montez, mon père, dit en insistant le chevalier, il ne sera pas dit qu'un pauvre pécheur comme moi ira à cheval lorsque l'homme de Dieu marchera à pied.

Et, à ces mots, il l'aida à se mettre en selle et, quelque résistance que pût faire l'humble cavalier, il le conduisit par la bride jusqu'au château de Godesberg. Puis, arrivé là, il remit, contre son habitude, Hans aux mains des valets, amena le prêtre devant le landgrave, qu'il retrouva dans la même chambre, au même endroit et assis dans le même fauteuil, quoique sept heures se fussent écoulées depuis qu'il était sorti du château. Au bruit que firent les arrivants, le landgrave leva son front pâle et les regarda d'un air étonné.

– Tiens, frère, lui dit Karl, voilà un digne serviteur de Dieu qui a une confession in extremis à te révéler.

– Qui donc est mort ? s'écria le comte en devenant plus pâle encore.

– Godefroy, répondit le chevalier.

– Et qui l'a tué ? murmura le landgrave.

– Moi, dit Karl.

Et il se retira tranquillement, fermant la porte derrière lui et laissant le landgrave seul avec le prêtre.

Or, voici ce que raconta le prêtre au landgrave.

Godefroy avait connu en Palestine un chevalier allemand des environs de Cologne, que l'on nommait Ernest de Huningen : c'était un homme grave et sévère, qui était entré depuis quinze ans dans l'ordre de Malte, et que l'on renommait pour sa religion, sa loyauté et son courage.

Godefroy et Ernest combattaient l'un près de l'autre à Saint-Jean-d'Acre, lorsque Ernest fut blessé mortellement. Godefroy le vit tomber, le fit emporter hors de la mêlée et revint à l'ennemi.

La bataille finie, il rentra sous sa tente pour changer de vêtement ; mais à peine y était-il, qu'on vint le prévenir que messire Ernest de Huningen était au plus mal et désirait le voir avant que de mourir.

Il se rendit à son désir, et trouva le blessé soutenu par une fièvre brûlante qui devait consumer en peu de temps le reste de sa vie. Aussi, comme il sentait lui-même sa position, Ernest lui expliqua en peu de mots le service qu'il attendait de lui.

À l'âge de vingt ans, Ernest avait aimé une jeune fille et en avait été aimé ; mais, cadet de famille, sans titre et sans fortune, il n'avait pas pu l'obtenir. Les amants, au désespoir, oublièrent qu'ils ne pourraient jamais être époux, et un fils naquit, qui ne pouvait porter le nom ni de l'un ni de l'autre.

Quelque temps après, la jeune fille avait été forcée par ses parents d'épouser un seigneur noble et riche. Ernest était parti, s'était arrêté à Malte pour prononcer des vœux, et, depuis ce temps, il combattait en Palestine. Dieu avait récompensé son courage. Après avoir vécu saintement, il mourait en martyr.

Ernest présenta un papier à Godefroy : c'était la donation de tout ce qu'il possédait à son fils Albert : soixante mille florins à peu près. Quant à la mère, comme elle était morte depuis six ans, il avait cru pouvoir lui révéler son nom, pour que ce nom le guidât dans ses recherches. C'était la comtesse de Ronsdorf.

Godefroy était revenu en Allemagne dans l'intention d'accomplir les dernières volontés de son ami. Mais, en arrivant chez son parent le landgrave, et en apprenant la situation des choses, il vit du premier coup d'œil tout le parti qu'il pouvait tirer du secret qu'il possédait. Le landgrave n'avait qu'un fils, et, Othon et Emma éloignés, Godefroy se trouvait le seul héritier du comte.

Nous avons vu comment il avait mis ce projet à exécution, au moment où il rencontra dans le chemin creux de Rolandseck, le comte Karl de Hombourg.

– Karl ! Karl ! s'écria le landgrave en s'élançant comme un insensé dans le corridor où l'attendait son frère d'armes. Karl ! ce n'était pas son amant : c'était son frère !

Et, aussitôt, il donna l'ordre que l'on ramenât à Godesberg Emma et Othon. Les deux messagers partirent, l'un remontant le Rhin, l'autre le descendant.

Pendant la nuit le premier revint. Emma, malheureuse depuis longtemps, offensée de la veille, demandait à finir sa vie dans le monastère où s'était écoulée sa jeunesse, et faisait répondre qu'au besoin elle invoquerait l'inviolabilité du lieu.

Au point du jour, le second messager revint ; il était accompagné des hommes d'armes qui devaient conduire Othon à Kirberg ; mais Othon n'était point parmi eux. Comme ils descendaient nuitamment le Rhin, Othon, qui savait dans quelle intention on l'emmenait, avait choisi le moment où tout l'équipage était occupé à diriger la barque dans un courant rapide, s'était élancé au plus profond du fleuve et avait disparu.

### III

Cependant, le malheur du landgrave n'était point encore si grand qu'il le croyait. Othon s'était élancé dans le fleuve, non pas pour y chercher la mort, mais la liberté. Élevé sur ses rives, le vieux Rhin était un ami contre lequel il avait trop souvent essayé ses jeunes forces pour le craindre. Il plongea donc au plus profond, nagea sous l'eau tant que sa respiration le lui permit, et, lorsqu'il reparut à sa surface pour reprendre haleine, la barque était si éloignée et la nuit si noire, que les gardes qui l'accompagnaient purent croire qu'il était resté englouti dans le fleuve.

Othon se hâta de gagner la rive. La nuit était froide, ses habits étaient ruisselants, il avait besoin d'un feu et d'un lit. Il se dirigea donc vers la première maison dont il vit les fenêtres briller dans l'ombre, se présenta comme un voyageur égaré, et, comme il était impossible de reconnaître s'il était mouillé par la pluie du ciel ou par l'eau du fleuve, il n'excita aucun soupçon, et l'hospitalité lui fut accordée avec toute la franchise et la discrétion allemandes.

Le lendemain, il partit au jour et se dirigea sur Cologne. C'était le saint jour du dimanche, et, comme il y entrait à l'heure de la messe, il vit chacun se diriger vers l'église. Il suivit la foule ; car lui aussi avait à prier Dieu… d'abord pour son père à cause de l'erreur et de l'isolement dans lesquels il l'avait laissé… pour sa mère enfermée dans un monastère… enfin pour lui, libre, mais sans appui et perdu dans ce monde immense qui ne lui avait encore montré pour tout horizon que celui du château natal. Cependant, il se cacha derrière une colonne pour faire sa prière ; si près de Godesberg, il pouvait être reconnu par quelques-uns des seigneurs qui étaient venus à la fête de la veille ou par l'archevêque de Cologne lui-même, messire Walerand de Juliers, qui était un des plus vieux et des plus fidèles amis de son père.

Lorsque Othon eut fait sa prière, il regarda autour de lui et vit avec étonnement qu'au nombre des spectateurs se trouvait une si grande quantité d'archers de différents pays, que sa première pensée fut que la messe que l'on disait était célébrée en l'honneur de saint Sébastien, protecteur de la corporation. Il s'en informa aussitôt à celui qui se trouvait le plus proche de lui, et il apprit alors qu'ils se rendaient à la fête de l'arc, que donnait tous les ans, à la même époque, le prince Adolphe de Clèves, l'un des seigneurs les plus riches et les plus renommés parmi ceux dont les châteaux s'élèvent depuis Strasbourg jusqu'à Nimègue.

Othon sortit aussitôt de l'église, se fit indiquer le tailleur le mieux assorti de la ville, changea ses habits de velours et de soie contre un justaucorps de drap vert serré avec une ceinture de cuir, acheta un arc du meilleur bois d'érable qu'il put trouver, choisit une trousse garnie de ses douze flèches, puis, ayant demandé à quelle hôtellerie se réunissaient plus particulièrement les archers, et, ayant appris que c'était au Héron-d'Or, il se dirigea vers cette auberge, qui était située sur la route de Verdingen, en dehors de la porte de l'Aigle.

Il y trouva une trentaine d'archers réunis et faisant grande chère. Il s'assit au milieu d'eux, et, quoiqu'il fût inconnu de tous, tous le reçurent bien, grâce à sa jeunesse et à sa bonne mine. D'ailleurs il avait été au-devant d'un bienveillant accueil en disant tout d'abord qu'il se rendait à Clèves pour la fête de l'arc et désirait faire route avec d'aussi braves et aussi joyeux compagnons. La proposition avait donc été reçue à l'unanimité.

Comme les archers avaient encore trois jours devant eux, et comme le dimanche est un jour saint consacré au repos, ils ne se mirent en route que le lendemain au matin, suivant les rives du fleuve et devisant joyeusement de faits de chasse et de guerre.

Tout en faisant route, les archers remarquèrent qu'Othon n'avait point de plumes à sa toque, ce qui était contre l'uniforme, chacun ayant une plume, dépouille et trophée en même temps de quelque oiseau victime de son adresse, et ils le raillèrent sur son arc neuf et ses flèches neuves. Othon avoua en souriant que ni arc ni flèches n'avaient encore servi, mais qu'à la première occasion, il tâcherait, grâce à eux, de se procurer l'ornement indispensable qui manquait à son chapeau. En conséquence, il banda son arc. Chacun attendit avec curiosité une occasion de juger l'adresse de son nouveau camarade.

Les occasions ne manquaient pas, un corbeau croassait à la dernière branche desséchée d'un chêne, et les archers montrèrent en riant ce but à Othon ; mais le jeune homme répondit que le corbeau était un animal immonde, dont les plumes étaient indignes d'orner la toque d'un franc archer. La chose était vraie. Aussi les joyeux voyageurs se contentèrent-ils de cette réponse.

Un peu plus loin ils aperçurent un épervier immobile à la pointe d'un rocher, et la même proposition fut faite au jeune homme. Mais, cette fois, il répondit que l'épervier était un oiseau de race, dont les hommes de race avaient seuls le droit de disposer, et que lui, fils d'un paysan, ne se permettrait pas de tuer un pareil oiseau sur les terres d'un seigneur aussi puissant que l'était le comte de Woringen, dont en ce moment il traversait les propriétés. Quoiqu'il y eût du vrai au fond de cette réponse, et que pas un des archers peut-être n'eût osé se permettre l'action qu'il conseillait à Othon, tous accueillirent cette réponse avec un sourire plus ou moins moqueur ;

car ils commençaient à prendre cette idée, que leur jeune camarade, peu sûr de son adresse, cherchait à retarder le moment d'en donner une preuve aussi décisive que celle qu'on lui demandait.

Othon avait vu le sourire des archers et l'avait compris ; mais il n'avait paru y faire aucune attention, et continuait sa route, riant et causant, lorsque tout à coup, à cinquante pas à peu près de la troupe bruyante, un héron se leva des bords du fleuve. Othon alors se retourna vers l'archer qui était le plus près de lui et qu'on lui avait désigné comme un des plus habiles tireurs.

— Frère, lui dit-il, j'aurais grande envie pour ma toque d'une plume de cet oiseau ; vous qui êtes le plus habile parmi nous tous, rendez-moi donc le service de l'abattre.

— Au vol ? répondit l'archer étonné.

— Sans doute, au vol, continua Othon, voyez comme il s'élève lourdement ; à peine a-t-il fait dix pas depuis qu'il a quitté la terre, et il n'est qu'à une demi-portée de trait.

— Tire, Frantz, tire ! crièrent tous les archers.

Frantz fit un signe de tête indiquant qu'il se rendait à l'invitation générale plutôt par obéissance pour les ordres de l'honorable société que dans l'espoir de réussir. Il n'en visa pas moins avec toute l'attention dont il était capable, et la flèche, lancée par un bras robuste et par un œil exercé, partit, suivie de tous les regards, et passa si près de l'oiseau, qu'il en poussa un cri d'effroi auquel répondirent les acclamations de tous les archers.

— Bien tiré ! dit Othon, maintenant, à vous, Hermann, ajouta-t-il en se tournant vers l'archer qui se trouvait à sa gauche.

Soit que celui auquel il s'adressait se fût attendu à cette invitation, soit qu'il eût été entraîné par l'exemple, il était prêt au moment où Othon lui adressa la parole, et à peine avait-il achevé, qu'une autre flèche, aussi habile et aussi rapide que la première, poursuivit le fuyard, qui poussa un nouveau cri au sifflement que fit entendre, en passant à quelques pouces seulement de lui, ce second messager de mort. Les archers applaudirent de nouveau.

– À mon tour, dit Othon.

Tous les regards se tournèrent de son côté ; car le héron, sans être hors de portée, commençait à atteindre une distance assez considérable, et, ayant d'air ce qu'il fallait à ses larges ailes, il filait avec une rapidité qui devait bientôt le mettre hors de tout danger. Othon avait sans doute aussi calculé tout cela, car ce ne fut qu'après avoir bien mesuré la distance des yeux, qu'il leva avec une attention lente sa flèche à la hauteur de l'animal ; puis, lorsqu'il l'eut amenée à la ligne de l'œil, il retira la corde presque derrière sa tête, à la manière des archers anglais, faisant plier son arc comme une baguette de saule. Un instant il demeura immobile comme une statue, puis tout à coup on entendit un léger sifflement, car la flèche était partie si rapide, que personne ne l'avait vue. Tous les yeux se portèrent sur l'oiseau, qui s'arrêta comme si un éclair invisible l'eût frappé, et qui tomba, percé de part en part, d'une hauteur telle qu'on n'eût pas même cru que la flèche aurait pu l'y suivre.

Les archers étaient stupéfaits ; une pareille preuve d'adresse était à peine croyable pour eux-mêmes ; quant à Othon, qui s'était arrêté pour juger de l'effet du coup, à peine eut-il vu tomber l'animal, qu'il se remit en marche sans paraître remarquer l'étonnement de ses compagnons. Arrivé au héron, il arracha de son cou ces plumes fines et élégantes qui forment une aigrette naturelle, et les attacha à son bonnet. Quant aux archers, ils avaient compté la distance : l'oiseau était tombé à trois cent vingt pas.

Cette fois, l'admiration n'avait point éclaté en applaudissements ; les archers s'étaient regardés les uns les autres, étonnés d'une telle preuve d'adresse ; puis ils avaient compté les pas, comme nous l'avons dit, et, lorsque Othon avait eu fini d'orner sa toque du bouquet de plumes si miraculeusement acquis, Frantz et Hermann, les deux archers qui avaient tiré avant lui, lui avaient tendu la main, mais avec un sentiment de déférence qui indiquait que, non seulement ils le reconnaissaient pour leur camarade, mais encore pour leur maître.

La troupe voyageuse, qui ne s'était arrêtée à Woringen que pour déjeuner, arriva vers les quatre heures du soir, à Neufs. On dîna en toute hâte, car, à trois lieues de Neufs, était l'église de Roche, près de laquelle de religieux archers ne pouvaient passer sans y faire un pèlerinage. Othon, qui avait adopté la vie et les habitudes de ses nouveaux compagnons, les suivit dans cette excursion, et, vers le jour tombant, ils arrivèrent à la roche sainte : c'était une immense pierre ayant l'aspect d'une église.

C'est qu'autrefois cette pierre fut effectivement la première église chrétienne bâtie sur les bords du Rhin par un chef de la Germanie, qui mourut en odeur de sainteté, laissant sept filles belles et vertueuses pour prier autour de son tombeau.

C'était le temps des grandes migrations barbares. Des peuples inconnus, poussés par une main invisible, descendaient des plateaux de l'Asie et venaient changer la face du monde européen. Une biche avait conduit Attila à travers les Palus-Méotides, et il descendait vers l'Allemagne, précédé par la terreur qu'inspirait son nom. Le Rhin, effrayé au bruit des pas de ces nations fauves, hésitait à poursuivre son cours vers les sables où il s'engloutit, et frémissait dans toute sa longueur comme un immense serpent. Bientôt les Huns apparurent sur la rive droite, et, le même jour, on vit l'incendie s'allumer sur tout l'horizon, c'est-à-dire depuis Colonia Agrippina, jusqu'à Aliso. Le danger était instant ; il n'y avait aucune pitié à attendre de pareils ennemis, et, le lendemain matin, au moment où elles leur virent lancer à l'eau les radeaux qu'ils avaient construits pendant la nuit avec les arbres d'une forêt qui avait disparu, les jeunes filles se retirèrent dans l'église et s'agenouillèrent autour du tombeau de leur père, le priant, par le saint amour qu'il leur avait porté pendant sa vie, de les protéger même après sa mort.

La journée et la nuit se passèrent en prières, et elles espéraient déjà être sauvées, lorsqu'au point du jour elles entendirent les barbares s'approcher. Ils commencèrent à frapper avec le pommeau de leurs épées à la porte de chêne qui fermait l'église ; mais, voyant qu'elle résistait, les uns retournèrent au bourg pour y prendre des échelles afin d'escalader les fenêtres ; les autres allèrent couper un sapin qu'ils dépouillèrent de ses branches et dont ils firent un bélier pour enfoncer la porte. Puis, lorsqu'ils se furent procuré les instruments nécessaires à leurs projets sacriléges, ils s'acheminèrent avec eux vers l'église qui servait d'asile aux sept sœurs ; mais, lorsqu'ils arrivèrent près d'elle, il n'y avait plus ni porte ni fenêtres. L'église était bien encore là ; mais elle était devenue un rocher et s'était faite toute de pierre ; seulement, du milieu de cette masse de granit, on entendait sortir un chant bas, triste et doux comme le chant des morts. C'était le cantique d'actions de grâces des sept vierges, qui remerciaient le Seigneur.

Les archers firent leur prière à l'église de roche, puis revinrent coucher à Strump.

Le lendemain, ils se remirent en route ; la journée se passa sans autre incident, qu'un renfort successif. Les archers venaient de toutes les parties de l'Allemagne à cette fête annuelle, dont le prix était, pour cette fois, une toque de velours vert entourée de deux branches de frêne en or, nouées par une agrafe de diamant. Il devait être donné par la fille unique du margrave lui-même, la jeune princesse Héléna, qui venait d'entrer dans sa quatorzième année. Le concours de tant d'adroits archers n'avait donc rien d'étonnant.

La petite troupe, qui montait maintenant à quarante ou cinquante hommes, voulait arriver à Clèves le lendemain matin, le tir devant commencer aussitôt la dernière messe, c'est-à-dire à onze heures En conséquence, les archers avaient résolu de venir coucher à Kervenheim. La journée était forte, aussi s'arrêta-t-on à peine pour déjeuner et pour dîner. Cependant, quelque diligence que fissent les voyageurs, ils n'atteignirent cette ville qu'après la fermeture des portes. Il s'agissait de passer la nuit dehors, et le moins mal possible, on avisa un château en ruine sur une montagne voisine, c'était le château de Windeck.

Chacun fut d'avis de profiter de cette circonstance favorable, excepté le plus vieux des archers, qui s'y opposa de tout son pouvoir ; mais, comme il était seul de son avis, sa voix n'eut aucune influence, et force lui fut d'accompagner ses jeunes camarades sous peine de rester seul ; il les suivit.

La nuit était sombre, pas une étoile ne brillait au ciel, des nuages lourds et chargés de pluie glissaient au-dessus de la tête de nos voyageurs, comme les vagues d'une mer aérienne. Un pareil abri, si incomplet qu'il fût, était donc un bienfait du ciel.

Les archers gravissaient la colline en silence, et cependant au bruit de leurs pas ils entendaient tout le long du sentier, couvert de ronces, fuir les animaux sauvages, dont la présence multipliée indiquait que ces ruines solitaires étaient gardées contre la présence des hommes par quelque superstitieuse terreur. Tout à coup ceux qui marchaient en tête virent se dresser devant eux, comme un fantôme, la première tour, sentinelle gigantesque chargée, en d'autres temps, de défendre l'entrée du château.

Le vieil archer proposa de s'arrêter à cette tour et de se contenter de son abri. En conséquence, on fit halte ; un des archers battit le briquet, alluma une branche de sapin et franchit la porte.

Alors on s'aperçut que les toits s'étaient écroulés, que les murailles seules étaient debout, et, comme la nuit menaçait d'être pluvieuse, il n'y eut qu'une voix pour continuer la route jusqu'au corps de logis ; cependant on laissa de nouveau le vieil archer libre de s'arrêter en cet endroit. Mais il refusa une seconde fois, préférant suivre ses compagnons partout où ils iraient que de rester seul par une pareille nuit et dans un semblable voisinage.

La troupe se remit donc en chemin ; seulement, pendant cette halte de quelques minutes, chacun avait brisé une branche de sapin et s'était fait une torche résineuse, de sorte que la montagne, d'obscure qu'elle était auparavant, était devenue tout à coup resplendissante, et qu'on commençait à distinguer, à l'extrémité du cercle de lumière, la masse triste, vague et sombre du château, qui, à mesure qu'on approchait, se dessinait d'une manière plus précise, montrant ses colonnes massives et ses voûtes surbaissées, dont les premières pierres avaient peut-être été posées par Charlemagne lui-même, lorsqu'il étendait des montagnes pyrènes aux marais bataves cette ligne de forteresses destinées à briser l'invasion des hommes du Nord.

À l'approche des archers et à la vue des flambeaux, les hôtes du château s'enfuirent à leur tour : c'étaient des hiboux et des orfraies au vol nocturne, qui, après avoir fait deux ou trois cercles silencieux au-dessus de la tête de ceux qui venaient les troubler, s'éloignèrent en hurlant. À cette vue et à ces cris sinistres, les plus braves ne furent pas exempts d'un mouvement de terreur ; car ils savaient qu'il est certains dangers contre lesquels ne peuvent rien ni le courage ni le nombre. Ils n'en pénétrèrent pas moins dans la première cour et se trouvèrent au centre d'un grand carré formé par des bâtiments dont quelques-uns tombaient en ruine, tandis que d'autres, au contraire se trouvaient dans un état de conservation d'autant plus remarquable qu'ils faisaient contraste avec les débris qui couvraient la terre en face d'eux.

Les archers entrèrent dans le corps de bâtiment qui leur paraissait le plus habitable, et se trouvèrent bientôt dans une grande salle qui paraissait avoir été autrefois celle des gardes. Des débris de volets fermaient les fenêtres de manière à briser la plus grande force du vent. Des bancs de chêne adossés contre les murailles et régnant tout autour de la chambre, pouvaient encore servir au même usage auquel ils avaient été destinés. Enfin une immense cheminée leur offrait un moyen d'éclairer et de réchauffer à la fois leur sommeil. C'était tout ce que pouvaient désirer les hommes faits pour les durs travaux de la chasse et de la guerre, et habitués à passer les nuits n'ayant pour tout oreiller que les racines, et pour tout abri que les feuilles d'un arbre.

Le pire de tout cela était de n'avoir point à souper. La course avait été longue, et, depuis midi, le dîner était loin ; mais c'était encore là un de ces inconvénients auxquels des chasseurs devaient être accoutumés. En conséquence, on serra la boucle des ceinturons, on fit grand feu dans la cheminée, on se chauffa largement, ne pouvant faire mieux, puis le sommeil commençant à descendre sur les voyageurs, chacun s'établit le plus confortablement qu'il put pour passer la nuit, après avoir toutefois pris la précaution, sur l'avis du vieil archer, de faire veiller successivement quatre personnes que désignerait le hasard, afin que le sommeil du reste de la troupe fût tranquille. On tira au sort, et le sort tomba sur Othon, sur Hermann, sur le vieil archer et sur Frantz.

Les veilles furent fixées à deux heures chacune ; en ce moment, neuf heures et demie sonnaient à l'église de Kervenheim ; Othon commença la sienne, et, au bout d'un instant, il se trouva seul éveillé au milieu de ses nouveaux camarades.

C'était le premier moment de tranquillité qu'il trouvait pour parler avec lui-même. Trois jours auparavant, à la même heure, il était heureux et fier, faisant les honneurs du château de Godesberg à la chevalerie la plus noble des environs ; et maintenant, sans qu'il fût pour rien dans le changement survenu, et dont il ignorait presque la cause, il se trouvait déshérité de l'amour paternel, banni sans savoir le terme de son bannissement et mêlé parmi une troupe d'hommes braves et loyaux sans doute, mais sans naissance et sans avenir, et veillant sur leur sommeil, lui, fils de prince, habitué à dormir, tandis qu'on veillait sur le sien !

Ces réflexions lui firent paraître sa veillée courte. Dix heures, dix heures et demie et onze heures sonnèrent successivement sans qu'il se fût aperçu de la marche du temps, et sans que rien fût venu troubler ses réflexions. Cependant la fatigue physique commençait à lutter avec la préoccupation morale, et, lorsque onze heures et demie sonnèrent, il était temps qu'arrivât la fin de sa veille ; car ses yeux se fermaient malgré lui.

En conséquence, il réveilla Hermann, qui devait lui succéder, en lui annonçant que son tour était venu.

Hermann se réveilla de fort mauvaise humeur : il rêvait qu'il faisait rôtir un chevreuil qu'il venait de tuer, et, au moment de faire du moins en rêve un bon souper, il se retrouvait à jeun, l'estomac vide et sans aucune chance de le remplir ! Fidèle à la consigne donnée, il n'en céda pas moins sa place à Othon et prit la sienne.

Othon se coucha ; ses yeux à demi ouverts distinguèrent encore pendant quelque temps, d'une manière incertaine, les objets qui l'entouraient, et, parmi ces objets, Hermann debout contre une des colonnes massives de la cheminée ; bientôt tout se confondit dans une vapeur grisâtre, où chaque chose perdit sa forme et sa couleur ; enfin, il ferma les yeux tout à fait et s'endormit.

Hermann était, comme nous l'avons dit, resté debout contre un des supports massifs de la cheminée, écoutant le bruit du vent dans les hautes tourelles et plongeant, aux lueurs mourantes du feu, ses regards dans les angles les plus sombres de l'appartement. Ses yeux étaient fixés sur une porte fermée et qui semblait devoir conduire aux appartements intérieurs du château, lorsque minuit sonna.

Hermann, tout brave qu'il était, compta avec un certain frémissement intérieur, et les yeux toujours fixés sur le même point, les onze coups du battant, lorsqu'au moment où frappait le douzième, la porte s'ouvrit, et une jeune fille belle, pâle et silencieuse, parut sur le seuil, éclairée par une lumière cachée derrière elle. Hermann voulut appeler, mais, comme si elle eût deviné son intention, la jeune fille porta un doigt à sa bouche pour lui commander le silence, et de l'autre main lui fit signe de la suivre.

IV

Hermann hésita un moment ; mais, songeant aussitôt qu'il était honteux à un homme de trembler devant une femme, il fit quelques pas vers la mystérieuse inconnue, qui, le voyant venir à elle, rentra dans la chambre, prit une lampe posée sur une table, alla ouvrir une autre porte, et, du seuil de celle-ci, se retourna pour faire un nouveau signe à l'archer resté debout à l'entrée de la seconde chambre Le signe était accompagné d'un si gracieux sourire, que les dernières craintes d'Hermann disparurent. Il s'élança derrière la jeune fille, qui, entendant ses pas pressés, se retourna une dernière fois pour lui faire signe de marcher derrière elle en conservant quelques pas de distance. Hermann obéit.

Ils s'avancèrent ainsi en silence à travers une suite d'appartements déserts et sombres, jusqu'à ce que enfin, le guide mystérieux poussât la porte d'une chambre ardemment éclairée, dans laquelle était dressée une table avec deux couverts. La jeune fille entra la première, posa la lampe sur la cheminée et alla s'asseoir, sans dire une parole, sur l'une des chaises qui attendaient les convives. Puis, voyant qu'Hermann, intimidé et hésitant, était resté debout sur le seuil de la porte :

– Soyez le bienvenu, lui dit-elle, au château de Windeck.

– Mais dois-je accepter l'honneur que vous m'offrez ? répondit Hermann.

– N'avez-vous pas faim et soif, seigneur archer ? reprit la jeune fille. Mettez-vous donc à cette table, et buvez et mangez ; c'est moi qui vous y invite.

– Vous êtes sans doute la châtelaine ? dit Hermann en s'asseyant.

– Oui, répondit avec un signe de tête la jeune fille.

– Et vous habitez seule ces ruines ? continua l'archer en regardant autour de lui avec étonnement.

– Je suis seule.

– Et vos parents ?

La jeune fille lui montra du doigt deux portraits suspendus à la muraille, l'un d'homme, l'autre de femme, et dit à voix basse :

– Je suis la dernière de la famille.

Hermann la regarda, sans savoir encore que penser de l'être étrange qu'il avait devant lui.

En ce moment ses yeux rencontrèrent les yeux de la jeune fille qui étaient humides de tendresse. Hermann ne songeait plus à la faim ni à la soif ; il voyait devant lui, pauvre archer, une noble dame, oubliant sa naissance et sa fierté pour le recevoir à sa table ; il était jeune, il était beau, il ne manquait pas de confiance en lui-même ; il crut que cette heure qui se présente, dit-on, à tout homme de faire fortune une fois dans sa vie se présentait à lui dans ce moment.

– Mangez donc, lui dit la jeune fille en lui servant un morceau de la hure d'un sanglier. Buvez donc, dit la jeune fille en lui versant un verre de vin vermeil comme du sang.

– Comment vous nommez-vous, ma belle hôtesse ? dit Hermann enhardi et levant son verre.

– Je me nomme Bertha.

– Eh bien ! à votre santé, belle Bertha ! continua l'archer.

Et il but le vin d'un seul trait.

Bertha ne répondit rien, mais sourit tristement.

L'effet de la liqueur fut magique, les yeux d'Hermann étincelèrent à leur tour, et, profitant de l'invitation de la châtelaine, il attaqua le souper avec un acharnement qui prouvait que ce n'était pas à un ingrat qu'il avait été offert, et qui pouvait excuser l'oubli où il était tombé en ne faisant pas le signe de la croix, comme c'était son habitude de le faire chaque fois qu'il se mettait à table. Bertha le regardait sans l'imiter.

– Et vous, lui dit-il, ne mangez-vous pas ?

Bertha fit signe que non, et lui versa une seconde fois du vin. C'était déjà une habitude à cette époque que les belles dames regardassent comme une chose indigne d'elles de boire et de manger, et Hermann avait vu souvent, dans les dîners auxquels il avait assisté comme serviteur, les châtelaines rester ainsi, tandis que les chevaliers mangeaient autour d'elles, afin de faire croire que, pareilles aux papillons et aux fleurs dont elles avaient la légèreté et l'éclat, elles ne vivaient que de parfums et de rosée. Il crut qu'il en était ainsi de Bertha, et continua de manger et de boire comme si elle lui tenait entière compagnie. D'ailleurs, sa gracieuse hôtesse ne restait pas inactive, et, voyant que son verre était vide, elle le lui remplit pour la troisième fois.

Hermann n'éprouvait plus ni crainte ni embarras ; le vin était délicieux et bien réel, car il faisait sur le cœur du convive nocturne son effet accoutumé ; Hermann se sentait plein de confiance en lui-même, et, en récapitulant tous les mérites qu'il se trouvait à cette heure, il ne s'étonnait plus de la bonne fortune qui lui arrivait ; et la seule chose qui l'étonnât c'est qu'elle eût tant tardé. Il était dans cette heureuse disposition quand ses yeux tombèrent sur un luth posé sur une chaise, comme si l'on s'en était servi dans la journée même ; alors il pensa qu'un peu de musique ne gâterait rien à l'excellent repas qu'il venait de faire. En conséquence, il invita gracieusement Bertha à prendre son luth et à lui chanter quelque chose.

Bertha étendit la main, prit l'instrument, et en tira un accord si vibrant, qu'Hermann sentit tressaillir jusqu'à la dernière fibre de son cœur ; et il était à peine remis de cette émotion lorsque, d'une voix douce et à la fois profonde, la jeune fille commença une ballade dont les paroles avaient avec la situation où il se trouvait une telle analogie, qu'on eût pu croire que la mystérieuse virtuose improvisait.

C'était une châtelaine amoureuse d'un archer.

L'allusion n'avait point échappé à Hermann, et, s'il lui fût resté quelques doutes, la ballade les lui eût ôtés ; aussi, au dernier couplet, se leva-t-il, et, faisant le tour de la table, il alla se placer derrière Bertha, et si près d'elle, que, lorsque sa main glissa des cordes de l'instrument, elle tomba entre les mains d'Hermann. Hermann tressaillit, car cette main était glacée ; mais aussitôt il se remit.

– Hélas ! lui dit-il, madame, je ne suis qu'un pauvre archer sans naissance et sans fortune ; mais pour aimer j'ai le cœur d'un roi.

– Je ne demande qu'un cœur, répondit Bertha.

– Vous êtes donc libre ? hasarda Hermann.

– Je suis libre, reprit la jeune fille.

– Je vous aime, dit Hermann.

– Je t'aime, répondit Bertha.

– Et vous consentez à m'épouser ? s'écria Hermann.

Bertha se leva sans répondre, alla vers un meuble, et, ouvrant un tiroir, elle y prit deux anneaux qu'elle présenta à Hermann ; puis, revenant au meuble, elle en tira, toujours en silence, une couronne de fleurs d'oranger et un voile de fiancée. Alors elle attacha le voile sur sa tête, l'y fixa avec la couronne, et se retournant :

– Je suis prête, dit-elle.

Hermann frissonna presque malgré lui ; cependant il s'était trop avancé pour ne pas aller jusqu'au bout. D'ailleurs, que risquait-il, lui, pauvre archer, qui ne possédait pas un coin de terre, et pour qui la seule argenterie armoriée dont la table était couverte eût été une fortune ?

Il tendit donc la main à sa fiancée, en lui faisant à son tour signe de la tête qu'il était prêt à la suivre.

Bertha prit de sa main froide la main brûlante d'Hermann, et, ouvrant une porte, elle entra dans un corridor sombre, qui n'était plus éclairé que par la lueur blafarde que la lune, sortie des nuages, projetait à travers les fenêtres étroites placées de distance en distance. Puis, au bout du corridor, ils trouvèrent un escalier qu'ils descendirent dans des ténèbres complètes :

alors, Hermann, saisi d'un frisson involontaire, s'arrêta et voulut retourner en arrière ; mais il lui sembla que la main de Bertha serrait la sienne avec une force surnaturelle ; de sorte que, moitié honte, moitié entraînement, il continua de la suivre.

Cependant ils descendaient toujours : au bout d'un instant, il sembla à Hermann, d'après l'impression humide qu'il éprouvait, qu'ils étaient dans une région souterraine ; bientôt il n'en douta plus ; ils avaient cessé de descendre, et ils marchaient sur un terrain uni, et qu'il était facile de reconnaître pour le sol d'un caveau.

Au bout de dix pas, Bertha s'arrêta, et se tournant à droite :

– Venez, mon père, dit-elle.

Et elle se remit en marche.

Au bout de dix autres pas, elle s'arrêta de nouveau, et se tournant à gauche :

– Venez, ma mère, dit-elle.

Et elle continua sa route jusqu'à ce qu'ayant fait dix autres pas encore, elle dit une troisième fois :

– Venez, mes sœurs.

Et, quoique Hermann ne pût rien distinguer, il lui sembla entendre derrière lui un bruit de pas et un frémissement de robes. En ce moment sa tête toucha la voûte ; mais Bertha poussa la pierre du bout du doigt, et la pierre se souleva.

Elle donnait entrée dans une église splendidement éclairée ; ils sortaient d'une tombe et se trouvaient devant un autel.

Au même moment, deux dalles se soulevèrent dans le chœur, et Hermann vit paraître le père et la mère de Bertha dans le même costume qu'ils portaient sur les deux tableaux de la chambre où il avait soupé, et, derrière eux, dans la nef, sortir de la même manière les nonnes de l'abbaye attenante au château, et qui, depuis un siècle, tombait en ruine.

Tout était donc réuni pour le mariage, fiancés, parents et invités. Le prêtre seul manquait : Bertha fit un signe, et un évêque de marbre couché sur son tombeau se leva lentement et vint se placer devant l'autel. Hermann alors se repentit de son imprudence, et eût donné bien des années de sa vie pour être dans la salle des gardes et couché près de ses compagnons ; mais il était entraîné par une puissance surhumaine, et pareil à un homme en proie à un rêve affreux, et qui ne peut ni crier ni fuir.

Pendant ce temps, Othon s'était réveillé, et ses yeux s'étaient portés tout naturellement vers la place où devait veiller Hermann ; Hermann n'y était plus, et personne n'était debout à sa place ; Othon se leva ; un de ses derniers souvenirs était, au moment où il s'endormait, d'avoir vu vaguement une porte s'ouvrir et une femme apparaître ; il avait pris cela pour le commencement d'un songe, mais l'absence d'Hermann donnait à ce songe une apparence de réalité ; ses yeux se tournèrent aussitôt vers la porte, qu'il se rappelait parfaitement avoir vue fermée pendant que lui-même était en sentinelle, et qu'il revoyait ouverte.

Cependant Hermann, fatigué, pouvait avoir cédé au sommeil. Othon prit une branche de sapin, l'alluma au foyer, alla d'un dormeur à l'autre, et ne reconnut pas celui qu'il cherchait. Alors il réveilla le vieil archer, dont c'était le tour de faire sentinelle ; Othon lui raconta ce qui s'était passé, et le pria de veiller tandis que lui irait à la recherche de son compagnon perdu. Le vieil archer secoua la tête ; puis :

– Il aura vu la châtelaine de Windeck, dit-il ; en ce cas, il est perdu.

Othon pressa le vieillard de s'expliquer ; mais celui-ci n'en voulut pas dire davantage. Cependant ces quelques paroles, au lieu d'éteindre chez Othon le désir de tenter la recherche, lui donnèrent une nouvelle ardeur ; il voyait dans toute cette aventure quelque chose de mystérieux et de surnaturel que son courage s'enorgueillissait d'avance d'approfondir ; d'ailleurs, il aimait Hermann ; les deux jours de marche qu'il avait faits avec lui le lui avaient révélé comme un brave et joyeux compagnon qu'il était fâché de perdre ; puis, enfin, il avait grande confiance en une médaille miraculeuse rapportée de Palestine par un de ses ancêtres, qui lui avait fait toucher le tombeau du Christ, don que sa mère lui avait fait dans son enfance, et qu'il avait toujours religieusement portée sur sa poitrine.

Quelque observation que pût lui faire le vieil archer, Othon n'en persista donc pas moins dans la résolution prise, et, à la lueur de sa torche, il entra dans la chambre voisine dont la porte était restée ouverte. Tout y était dans son état habituel ; seulement, une seconde porte étant ouverte comme la première ; il pensa qu'Hermann, entré par l'une, était sorti par l'autre ; il prit la même route que lui, et, comme lui, traversa cette longue suite d'appartements qu'Hermann avait traversés. Elle se terminait par la salle du festin.

En approchant de cette salle, il lui sembla entendre parler, il s'arrêta aussitôt, tendit l'oreille, et, après un instant d'attention, ne conserva plus aucun doute, seulement ce n'était pas la voix d'Hermann, mais, pensant que ceux qui parlaient pourraient lui en donner des nouvelles, il s'approcha de la porte.

Arrivé sur le seuil, il s'arrêta surpris par l'étrange spectacle qui se présenta à ses yeux. La table était restée servie et illuminée ; seulement, les convives étaient changés : les deux portraits s'étaient détachés de la toile, étaient descendus de leur cadre, et, assis de chaque côté de la table, causaient gravement comme il convenait à des personnes de leur âge et de leur condition. Othon crut que sa vue le trompait ; il avait sous les yeux des personnages qui semblaient, par leurs habitudes, avoir appartenu à une génération disparue depuis plus d'un siècle, et qui parlaient l'allemand du temps de Karl le Chauve. Othon n'en prêta qu'une attention plus profonde à ce qu'il voyait et à ce qu'il entendait.

– Malgré toutes vos raisons, mon cher comte, disait la femme, je n'en soutiendrai pas moins que le mariage que fait en ce moment notre fille Bertha est une mésalliance dont il n'y avait pas encore eu d'exemple dans notre famille ; fi donc ! un archer…

– Madame, répondit le mari, vous avez raison ; mais, depuis plus de dix ans, personne n'était venu dans ces ruines, et elle sert un maître moins difficile que nous, et pour qui une âme est une âme… D'ailleurs, on peut porter l'habit d'un archer et n'être pas un vilain pour cela. Témoin ce jeune Othon qui vient pour s'opposer à leur union, qui nous écoute insolemment, et que je vais pourfendre de mon épée s'il ne rejoint à l'instant même ses camarades.

À ces mots, se tournant vers la porte où se tenait le jeune homme muet et immobile d'étonnement, il tira son épée, et vint à lui d'un pas lent et automatique, comme s'il marchait à l'aide de ressorts habilement combinés et non de muscles vivants.

Othon le regarda venir avec un effroi dont il n'était pas le maître. Il n'en songeait pas moins à se mettre en défense, et à soutenir le combat, quel que fût l'adversaire. Cependant, voyant à quel étrange ennemi il avait affaire, il comprit qu'il n'aurait pas trop pour se défendre des armes spirituelles et temporelles ; en conséquence, avant de tirer son épée, il fit le signe de la croix.

Au même moment, les flambeaux s'éteignirent, la table disparut, et le vieux chevalier et son épouse s'évanouirent comme des visions.

Othon resta un moment comme étourdi ; puis, ne voyant et n'entendant plus rien, il entra dans la salle, tout à l'heure si pleine de lumières et maintenant si sombre, et, à la lueur de sa torche de résine, il vit que les convives fantastiques avaient repris leur place dans leurs cadres ; les yeux seuls du vieux chevalier semblaient vivants encore et suivaient Othon en le menaçant.

Othon continua sa route. D'après ce qu'il avait entendu, il jugeait qu'un danger pressant menaçait Hermann, et, voyant une porte ouverte, il suivit l'indication donnée et entra dans le corridor. Arrivé au bout du passage, il atteignit l'escalier, descendit les premières marches, et bientôt se trouva de plain-pied avec le cimetière de l'abbaye, au-delà duquel il voyait l'église illuminée ; une porte descendant aux souterrains était ouverte et paraissait conduire aussi à l'église ; mais Othon aima mieux passer à travers le cimetière que sous le cimetière.

Il entra donc dans le cloître, et se dirigea vers l'église ; la porte en était fermée, mais il n'eut qu'à la pousser, et la serrure se détacha du chêne, tant la porte tombait elle-même de vétusté.

Alors il se trouva dans l'église, il vit tout, les religieux, les fiancés, les parents, et prêt à passer au doigt d'Hermann, pâle et tremblant, l'anneau nuptial, l'évêque de marbre qui venait de se lever du tombeau. Il n'y avait pas de doute, c'était le mariage dont parlaient le vieux chevalier et sa femme.

Othon étendit la main vers un bénitier ; puis, portant ses doigts humides à son front, il fit le signe de la croix.

Au même instant, tout s'évanouit comme par magie, évêque, fiancés, parents, religieuses ; les flambeaux s'éteignirent, l'église trembla comme si, en rentrant dans leur tombe, les morts en ébranlaient les fondements ; un coup de tonnerre se fit entendre, un éclair traversa le chœur, et, comme s'il était frappé de la foudre, Hermann tomba sans connaissance sur les dalles du sanctuaire.

Othon alla à lui, éclairé encore par sa torche prête à s'éteindre, et, le prenant sur son épaule, il essaya de l'emporter. En ce moment, la branche de résine était arrivée à sa fin ; Othon la jeta loin de lui et chercha à regagner la porte ; mais l'obscurité était si profonde, qu'il n'en put venir à bout, et qu'il s'en alla pendant plus d'une demi-heure se heurtant de pilier en pilier, le front couvert de sueur et les cheveux hérissés au souvenir des choses infernales qu'il avait vues. Enfin, il trouva la porte tant cherchée.

Au moment où il mettait le pied dans le cloître, il entendit son nom et celui d'Hermann répétés par plusieurs voix ; puis, au même instant, des torches étincelèrent aux fenêtres du château, enfin quelques-unes apparurent au bas de l'escalier et se répandirent sous les arcades du cloître ; Othon répondit alors par un seul cri, dans lequel s'éteignit le reste de ses forces, et tomba épuisé près d'Hermann évanoui.

Les archers portèrent les deux jeunes gens dans la salle des gardes, où bientôt ils rouvrirent les yeux. Hermann et Othon racontèrent alors chacun à son tour ce qui leur était arrivé ; quant au vieil archer, entendant ce coup de tonnerre qui venait sans orage, il avait réveillé à l'instant tous les dormeurs, et s'était mis à la recherche des aventureux jeunes gens, qu'il avait retrouvés, comme nous l'avons vu, dans un état peu différent l'un de l'autre.

Nul ne se rendormit, et, aux premiers rayons du jour, la troupe sortit silencieusement des ruines du château de Windeck, et reprit sa route pour Clèves, où elle arriva sur les neuf heures du matin.

# V

La lice préparée pour le tir de l'arc était une plaine qui s'étendait du château de Clèves jusqu'aux bords du Rhin. Du côté du château, une estrade était dressée et attendait le prince et sa suite ; de l'autre côté et sur la rive, le peuple de tous les villages environnants était déjà rangé, attendant le spectacle dont il allait jouir et dont il était d'autant plus fier que le triomphateur du jour devait sortir de ses rangs. Un groupe d'archers arrivés des autres parties de l'Allemagne attendait déjà à l'une des extrémités de la prairie, tandis qu'à l'autre, le but que devait atteindre les flèches présentait à cent cinquante pas de distance, au milieu d'une pancarte blanche, un point noir entouré de deux cercles, l'un rouge et l'autre bleu.

À dix heures, on entendit sonner les trompettes : les portes du château s'ouvrirent, et une riche cavalcade en sortit : elle se composait du prince Adolphe de Clèves, de la princesse Héléna et du comte souverain de Ravenstein. Une suite nombreuse de pages et de valets à cheval comme leurs maîtres, quoique la distance qui séparait le château de la prairie fût à peine d'un demi-mille, suivait les seigneurs et semblait, en se déroulant sur le sentier étroit qui descendait de la colline à la plaine, un long serpent diapré qui venait se désaltérer au fleuve.

De longues acclamations accueillirent le roi et la reine de la fête au moment où ils montèrent sur l'estrade qui leur était préparée. Quant à Othon, ils avaient déjà pris place, que pas un cri n'était encore sorti de sa bouche, tant il était tombé dans une contemplation muette et profonde à la vue de la jeune princesse Héléna.

C'était, en effet, une des plus gracieuses créations que put produire cette Allemagne du Nord, si féconde en types pâles et gracieux. Comme les plantes qui poussent à l'ombre en trempant leurs racines dans un sol humide, Héléna manquait peut-être de ces vives couleurs de la jeunesse qui éclosent sous un soleil plus ardent ; mais, en revanche, elle avait toute la souplesse et toute la grâce de ces jolies fleurs des lacs que l'on voit sortir de l'eau le jour pour regarder un instant autour d'elles et prendre part à la fête de la vie, mais qui se referment au crépuscule et se couchent la nuit sur ces larges feuilles rondes aux tiges invisibles que la nature leur a données pour berceau. Elle suivait son père et était elle-même suivie par le comte de Ravenstein, qui devait, disait-on, recevoir bientôt le titre de fiancé ; derrière eux marchaient des pages portant, sur un coussin de velours rouge, la toque destinée à servir de prix au vainqueur. Enfin, les officiers du prince Adolphe achevèrent de remplir les places d'honneur réservées sur l'estrade, et, après que la princesse Héléna eut répondu par un gracieux signe de tête au murmure d'admiration qui l'avait accueillie, son père fit signe que l'on pouvait commencer.

Il y avait cent vingt archers, à peu près, et les conditions étaient ainsi imposées :

Ceux qui, à la première épreuve, auraient manqué complètement la pancarte blanche devaient se retirer immédiatement et renoncer à concourir ;

Ceux qui, à la seconde épreuve, auraient mis leurs flèches hors du cercle rouge devaient se retirer à leur tour ;

Enfin, il ne devait rester pour la lutte définitive que ceux qui, après la troisième épreuve, se seraient maintenus dans le cercle bleu.

De cette manière, on évitait la confusion entre les concurrents ; puis, ce qui était encore possible, que le hasard, au lieu de l'adresse, ne fît un vainqueur d'un médiocre archer.

Aussitôt le signal donné, tous les archers tendirent leurs arcs et préparèrent leurs flèches. Chacun s'était fait inscrire, et le rang avait été réglé par ordre alphabétique. Un héraut appela les noms, et, selon qu'ils étaient appelés, les tireurs s'avancèrent, et lancèrent leurs flèches.

Une vingtaine d'archers succombèrent à cette première épreuve et se retirèrent, honteux et accompagnés des rires des spectateurs, dans une enceinte réservée où devaient bientôt les rejoindre de nouveaux compagnons d'infortune.

Au second tour, le nombre fut plus considérable encore, car plus la tâche devenait difficile, plus il devait y avoir d'exclus. Enfin, au troisième, il ne resta pour disputer le prix que onze tireurs, parmi lesquels se trouvaient Frantz, Hermann et Othon. C'était l'élite des archers depuis Strasbourg jusqu'à Nimègue. Aussi l'attention redoubla-t-elle, et les tireurs eux-mêmes, qui n'avaient plus droit à la lutte, oubliant leur défaite, partagèrent-ils cette attente générale, faisant chacun des vœux pour que le sort qui les avait abandonnés protégeât un ami, un compatriote ou un frère.

Une nouvelle convention fut faite alors entre les archers eux-mêmes, c'est qu'une quatrième épreuve allait être tentée : toute flèche qui ne toucherait pas, cette fois, le noir lui-même devait exclure son tireur et réduire encore le nombre des concurrents. Sept tireurs succombèrent ; Frantz et Hermann avaient fait le coup qu'en terme de tir on appelle baillet, c'est-à-dire qu'ils avaient mis leurs flèches moitié noir. Mildar et Othon avaient fait coup franc et en plein but.

Ce Mildar, que nous nommons pour la première fois, était un archer du comté de Ravenstein, dont la réputation avait remonté le Rhin, depuis l'endroit où il se perd dans les sables d'Ortrecht, jusqu'à celui où il sort faible ruisseau de la chaîne du Saint-Gothard ; depuis longtemps, Frantz et Hermann, qui avaient leur renommée à soutenir, désiraient se rencontrer avec ce terrible adversaire qu'on leur opposait toujours. Le procès venait d'être jugé sans qu'ils fussent éconduits ; l'avantage était resté à Mildar, qu'Othon seul avait constamment balancé.

Plus le nombre des tireurs diminuait, plus l'intérêt des spectateurs était augmenté. Aussi les quatre archers qui restaient dans la lice étaient-ils le but de tous les regards. Trois étaient déjà célèbres pour avoir disputé et emporté bien des prix ; mais le quatrième et le plus jeune était complètement inconnu à tout le monde ; chacun se demandait son nom, et nul ne pouvait en faire connaître d'autre que celui qu'il avait choisi lui-même : Othon l'archer.

Selon l'ordre alphabétique, Frantz devait tirer le premier. Il s'avança jusqu'à la limite marquée par une corde de gazon, choisit sa meilleure flèche, ajusta lentement en levant son arc de bas en haut, visa quelques secondes avec toute l'attention dont il était capable, puis lâcha la corde, et la flèche alla s'enfoncer en plein noir. Des acclamations partirent de toutes parts : Frantz se retira sur le côté pour faire place à ses camarades.

Hermann s'avança le second, prit les mêmes précautions que son devancier, et obtint le même résultat.

C'était le tour de Mildar. Il vint prendre sa place au milieu du silence le plus profond, choisit avec un soin extrême une flèche dans sa trousse, la posa en équilibre sur son doigt, de manière à voir si le fer de la pointe ne pesait pas plus que l'ivoire de l'encoche ; puis, satisfait de l'examen, il l'ajusta sur la corde ; en ce moment, le comte de Ravenstein son patron se leva, et, tirant une bourse de sa poche :

– Mildar, lui dit-il, si tu touches plus près de la broche que tes deux adversaires, cette bourse est à toi.

Pins il jeta la bourse, qui vint rouler aux pieds de l'archer. Mais celui-ci était si préoccupé, qu'il sembla faire à peine attention à ce que lui disait son maître. La bourse tomba retentissante près de lui sans qu'il détournât la tête ; quelques regards cherchèrent un instant dans l'herbe cet or brillant au milieu des mailles de soie qui le renfermaient, puis se reportèrent aussitôt vers Mildar.

L'attente du comte de Ravenstein ne fut pas trompée ; la flèche de Mildar brisa la broche elle-même, et alla s'enfoncer au centre du but ; un cri partit de tous côtés ; le comte de Ravenstein battit des mains. Héléna, au contraire, pâlit si visiblement, que son père, inquiet, se pencha vers elle en lui demandant si elle souffrait ; mais celle-ci, pour toute réponse, secoua sa blonde tête en souriant, et le prince Adolphe, rassuré, reporta les yeux vers les tireurs. Mildar ramassait la bourse.

Restait Othon, que son nom avait rejeté le dernier et à qui l'adresse de Mildar ne paraissait laisser aucune chance. Cependant lui aussi avait souri comme la princesse, et, dans ce sourire, on avait pu voir qu'il ne se regardait pas encore comme battu.

Mais ceux qui paraissaient prendre l'intérêt le plus vif à cette lutte d'adresse étaient Frantz et Hermann. Frantz et Hermann vaincus, avaient reporté tout leur espoir sur leur jeune camarade. Eux n'avaient pas une bourse d'or à jeter à ses pieds, comme l'avait fait le comte de Ravenstein, mais ils s'approchèrent d'Othon et lui serrèrent la main.

– Songe à l'honneur des archers de Cologne, lui dirent-ils, quoiqu'en conscience nous ne sachions pas comment tu pourras le défendre.

– Je puis, répondit Othon, si l'on veut ôter la flèche de Mildar, enfoncer la mienne dans le trou que la sienne a fait.

Frantz et Hermann se regardèrent avec un étonnement qui tenait de la stupéfaction. Othon avait fait cette proposition d'un ton si calme et avec un tel sang-froid, qu'ils ne doutaient pas, d'après les preuves d'adresse que leur avait données Othon, qu'il ne fût en état de faire ce qu'il avançait. Or, comme une grande rumeur courait dans toute l'assemblée, ils firent signe qu'ils voulaient parler, et le silence se rétablit. Alors, Hermann, se tournant vers l'estrade où était le prince de Clèves, éleva la voix et lui transmit la demande d'Othon. Elle était si juste et si extraordinaire, qu'elle lui fut accordée à l'instant même, et, cette fois, ce fut Mildar qui sourit, mais avec un air de doute qui prouvait qu'il regardait la chose comme impossible.

Alors Othon posa à terre sa toque, son arc et ses flèches, et alla lui-même d'un pas lent et mesuré examiner le coup ; il était bien ainsi que le marqueur l'avait dit ; arrivé au but, Mildar, qui l'avait suivi, arracha lui-même sa flèche. Frantz et Hermann voulurent en faire autant, mais Othon les arrêta d'un regard : ils comprirent que leur jeune camarade désirait se servir de leurs traits comme de deux guides, et répondirent par un signe d'intelligence. Othon cueillit alors une petite marguerite des champs, l'enfonça dans la cavité formée par la flèche de Mildar, afin, au milieu du rond noir, d'être guidé par un point blanc ; cette précaution prise, il revint à sa place, sans humilité comme sans orgueil, convaincu que, perdit-il le prix, il l'avait disputé assez longtemps pour n'avoir pas de honte à le voir passer aux mains d'un autre.

Arrivé à la limite, il attendit un instant que chacun eût repris sa place. Puis, l'ordre rétabli, il ramassa son arc, parut prendre au hasard une des flèches, quoiqu'un œil exercé eût remarqué qu'il avait été chercher sous les autres celle qu'il avait prise, secoua la tête pour écarter ses longs cheveux blonds, que le mouvement qu'il avait fait avait ramenés sur ses yeux ; puis, calme et souriant comme l'Apollon Pythien, il posa sa flèche sur son arc, la leva lentement à la hauteur du but et de son œil, ramena sa main droite en arrière, jusqu'à ce que la corde de l'arc touchât presque son épaule, demeura un instant immobile comme un archer de pierre ; puis tout à coup on vit passer la flèche comme un éclair et en même temps disparaître la marguerite. Othon avait tenu ce qu'il avait promis, et sa flèche avait remplacé au centre du but la flèche de Mildar.

Un cri de surprise sortit de toutes les bouches, la chose tenait du miracle. Othon se tourna vers le prince et salua. Héléna rougit de plaisir et Ravenstein de dépit.

Alors le prince Adolphe de Clèves se leva et déclara qu'à partir de ce moment il comptait deux vainqueurs, que par conséquent il y aurait deux prix : l'un serait la toque brodée par sa fille, l'autre, la chaîne d'or qu'il portait lui-même au cou. Cependant, comme cette lutte d'adresse l'intéressait ainsi que toute l'assemblée, il désirait que chacun des adversaires proposât une dernière épreuve à son choix, que l'autre serait obligé d'admettre. Othon et Mildar acceptèrent en hommes qui l'eussent demandée, si on ne la leur eût pas offerte, et la foule, joyeuse de voir prolonger un spectacle si intéressant pour elle, battit des mains par un mouvement unanime, en remerciant le prince de sa générosité.

L'ordre alphabétique donnait à Mildar le choix de la dernière épreuve. Il alla au bord du fleuve, coupa deux branches de saule, revint en planter une à une demi-distance du but primitif ; puis, s'étant rendu jusqu'à la limite, il la fendit avec sa flèche.

Othon dressa l'autre et en fit autant.

C'était à son tour : il prit deux flèches, en passa une à sa ceinture, posa l'autre sur son arc, la lança de manière à lui faire décrire un cercle, et, tandis que la première retombait presque verticalement, il la brisa avec la seconde.

La chose parut si miraculeuse à Mildar, qu'il déclara que, ne s'étant jamais adonné à un pareil exercice, il regardait comme impossible de réussir. En conséquence, il s'avouait vaincu, et laissait le choix à son adversaire entre la toque brodée par la princesse Héléna, ou la chaîne d'or du prince Adolphe de Clèves.

Othon choisit la toque, et alla s'agenouiller devant la princesse, au milieu d'une triple acclamation de la multitude.

# VI

Lorsque Othon se releva, le front paré de la toque qu'il venait de gagner, son visage était rayonnant de joie et de bonheur. Les cheveux d'Héléna avaient presque touché les siens, leurs haleines s'étaient confondues, c'était la première fois qu'il aspirait le souffle d'une femme.

Son justaucorps vert allait si bien à sa taille souple et déliée, ses yeux étaient si brillants de ce premier orgueil qu'éprouve l'homme à son premier triomphe, il était si beau et si fier de son bonheur enfin, que le prince Adolphe de Clèves pensa à l'instant même combien il lui serait avantageux de s'attacher un pareil serviteur. En conséquence, se tournant vers le jeune homme, qui était prêt à redescendre les degrés de l'estrade :

– Un instant, mon jeune maître, lui dit-il, j'espère que nous ne quitterons point comme cela.

– Je suis aux ordres de Votre Seigneurie, répondit le jeune homme.

– Comment vous nommez-vous ?

– Je me nomme Othon, monseigneur.

– Eh bien, Othon, continua le prince, vous me connaissez puisque vous êtes venu à la fête que je donne. Vous savez que mes serviteurs et mes gens me considèrent comme un bon maître. Êtes-vous sans condition ?

– Je suis libre, monseigneur, répondit Othon.

– Eh bien, alors, voulez-vous entrer à mon service ?

– En quelle qualité ? répondit le jeune homme.

– Mais en celle qui me paraît convenir à votre condition et à votre adresse : comme archer.

Othon sourit avec une expression indéfinissable pour ceux qui ne devaient voir en lui qu'un habile tireur d'arc, et allait sans doute répondre selon son rang et non selon son apparence, lorsqu'il vit les yeux d'Héléna se fixer sur lui avec une telle expression d'anxiété, que les paroles s'arrêtèrent sur ses lèvres. En même temps, la jeune fille joignit les mains en signe de prière ; Othon sentit son orgueil se fondre à ce premier rayon d'amour, et, se tournant vers le prince :

– J'accepte, lui dit-il.

Un éclair de joie passa sur la figure d'Héléna.

– Eh bien, c'est chose dite, continua le prince ; à compter de ce jour, vous êtes à mon service. Prenez cette bourse, ce sont les arrhes du marché.

– Merci, monseigneur, répondit Othon en souriant, j'ai encore quelque argent qui me vient de ma mère. Lorsque je n'en aurai plus, je réclamerai de Votre Seigneurie la paye qui me sera due en raison de mon service. Seulement, puisque Votre Seigneurie est si bien disposée pour moi, je réclamerai d'elle une autre grâce.

– Laquelle ? dit le prince.

– C'est, reprit Othon, d'engager en même temps que moi ce brave garçon que Votre Seigneurie voit là-bas appuyé sur son arc, et qui s'appelle Hermann : c'est un bon camarade que je ne voudrais pas quitter.

– Eh bien, dit le prince, va lui faire, de ma part, la même offre que je t'ai faite, et, s'il accepte, donne-lui cette bourse dont tu n'as pas voulu ; il ne sera peut-être pas si fier que toi, lui.

Othon salua le prince, descendit de l'estrade, et alla offrir à Hermann la proposition et la bourse ; il reçut l'une avec joie et l'autre avec reconnaissance ; puis aussitôt les deux jeunes gens revinrent prendre place à la suite du prince.

Cette fois, il ne donnait plus la main à sa fille ; c'était le comte de Ravenstein qui avait sollicité cet honneur et l'avait obtenu : le noble cortége fit quelques pas à pied pour atteindre la place où étaient les chevaux ; celui de la princesse Héléna était sous la garde d'un simple valet, le page qui devait tenir l'étrier à la princesse étant resté plus longtemps qu'il n'aurait dû le faire parmi la foule des spectateurs, où l'avait conduit la curiosité.

Othon vit son absence, et, oubliant que c'était se trahir, puisqu'un jeune homme noble devait seul remplir la fonction de page ou d'écuyer, il s'élança pour le remplacer.

– Il paraît, mon jeune maitre, lui dit le comte de Ravenstein en l'écartant du bras, que la victoire te fait oublier ton rang. Pour cette fois, nous te pardonnons ton orgueil en faveur de ta bonne volonté.

Le sang monta au visage d'Othon si rapidement, qu'il lui passa comme une flamme devant les yeux ; mais il comprit que dire un mot ou faire un signe, c'était se perdre : il resta donc immobile et muet. Héléna le remercia d'un coup d'œil. Il y avait déjà entre ces deux jeunes cœurs, qui venaient de se rencontrer à peine, une intelligence aussi profonde et aussi sympathique que s'ils eussent toujours été frères.

Le cheval du page était resté libre, et le valet le menait en bride. Le prince l'aperçut, et derrière lui Othon, qui venait avec Hermann.

– Othon, lui dit le prince, sais-tu monter à cheval ?

– Oui, monseigneur, répondit en souriant celui-ci.

– Eh bien, prends le cheval du page, il n'est pas juste qu'un triomphateur marche à pied.

Othon salua de la tête, en signe d'obéissance et de remercîment. Puis, s'approchant du coursier, il se mit en selle sans l'aide de l'étrier, avec tant de justesse et de grâce, qu'il était évident que ce nouvel exercice lui était aussi familier que celui dans lequel il venait de donner, il n'y avait qu'un instant, une si grande preuve d'adresse.

La cavalcade continua son chemin vers le château ; arrivé à la porte d'entrée, Othon remarqua l'écusson qui la surmontait, et sur lequel étaient sculptées et peintes les armes de la maison de Clèves, qui étaient d'azur à un cygne d'argent sur une mer de sinople ; il se rappela alors que ce cygne se rattachait à une vieille tradition de la maison de Clèves, qu'il avait souvent entendu raconter dans son enfance ; au-dessus de cette porte était un balcon lourd et massif qu'on appelait le balcon de la princesse Béatrix, et, entre la porte et le balcon, une sculpture du commencement du xiiie siècle, qui représentait un chevalier endormi dans une barque traînée par un cygne ; enfin, cette figure héraldique se trouvait reproduite de tous côtés, s'enlaçant gracieusement à l'ornementation plus moderne de certaines parties du château nouvellement bâties.

Le reste de la journée se passa en fêtes. Othon, en sa qualité de vainqueur, fut, pendant toute cette journée, l'objet de l'attention générale ; et, tandis que le prince donnait de son côté un riche banquet, les camarades d'Othon lui offrirent un dîner dont lui, Othon, fut le prince. Mildar seul refusa d'y prendre part.

Le lendemain, on apporta à Othon un costume complet d'archer aux ordres du prince. Othon regarda quelque temps cette livrée qui, toute militaire qu'elle était, n'en restait pas moins une livrée ; mais, en songeant à Héléna, il prit courage, quitta les habits qu'il avait fait faire à Cologne, et revêtit ceux qui lui étaient destinés à l'avenir.

Le même jour, le service commença : c'était la garde sur les tourelles et les galeries. Le tour d'Othon vint, et le jeune archer fut placé en sentinelle sur une terrasse située en face des fenêtres du château. Il remercia le ciel de ce hasard ; à travers les fenêtres ouvertes pour aspirer un rayon du soleil qui venait de percer les nuages, il espérait apercevoir Héléna.

Son attente ne fut pas trompée : Héléna parut bientôt avec son père et le comte de Ravenstein ; ils s'arrêtèrent à regarder le jeune archer ; il sembla même à Othon que les nobles seigneurs daignaient s'occuper de lui. En effet, il était l'objet de leur entretien. Le prince Adolphe de Clèves faisait remarquer au comte de Ravenstein la bonne mine de son nouveau serviteur, et le comte de Ravenstein faisait observer au prince Adolphe de Clèves que son nouveau serviteur, au mépris de toutes les lois divines et humaines, portait les cheveux longs comme un noble, tandis qu'il aurait dû avoir des cheveux courts, comme il convenait à un homme d'obscure condition. Héléna hasarda un mot pour sauver des ciseaux la chevelure blonde et bouclée de son protégé ; mais le prince Adolphe de Clèves, frappé de la justesse de l'observation de son futur gendre, jaloux des prérogatives réservées à la noblesse, répondit que les autres archers auraient droit de se plaindre si on s'écartait en faveur d'Othon d'une règle à laquelle ils étaient soumis.

Othon était loin de se douter de ce qui se tramait à cette heure contre cette parure aristocratique que sa mère aimait tant ; il passait et repassait devant les fenêtres, plongeant un regard avide dans l'intérieur des appartements qu'habitait celle qu'il aimait déjà de toute son âme : alors c'étaient des rêves de bonheur et des projets de vengeance qui s'offraient ensemble à son esprit, enlacés comme un serpent mortel à un arbre chargé de fruits délicieux. Puis, de temps en temps enfin, un souvenir de la colère paternelle obscurcissait son front, et passait comme un nuage entre l'avenir et le soleil naissant de son amour.

En descendant sa garde, Othon trouva le barbier du château qui l'attendait : il était envoyé par le comte et venait pour lui couper les cheveux.

Othon lui fit répéter deux fois cet ordre ; car, ne pouvant chasser les souvenirs si vivants de sa récente splendeur, il ne voulait pas croire que ce fût à lui que cet ordre était adressé. Mais, en y réfléchissant, il comprit que ce que le prince exigeait était tout simple : pour le prince, Othon n'était qu'un archer, plus adroit que les autres, il est vrai, mais l'adresse n'anoblissait point, et les nobles seuls avaient le droit de porter les cheveux longs. Il fallait donc qu'Othon quittât le château ou obéit.

Telle était l'importance que les jeunes seigneurs attachaient alors à cette partie de leur parure, qu'Othon resta en suspens : il lui semblait que, pour son honneur et celui de sa famille, il ne devait pas souffrir une telle dégradation. D'ailleurs, du moment qu'il l'aurait soufferte, aux yeux d'Héléna, il devenait véritablement un simple archer, et mieux valait penser à s'éloigner d'elle que d'être ainsi classé devant elle. Il en était là de ses réflexions, lorsque le prince passa donnant le bras à sa mie.

Othon fit un mouvement vers le prince, et le prince, qui vit que le jeune homme voulait lui parler, s'arrêta.

– Monseigneur, dit le jeune archer, pardonnez-moi si j'ose vous adresser une pareille question : mais est-ce réellement par votre ordre que cet homme est venu pour me couper les cheveux ?

– Sans doute, répondit le prince étonné. Pourquoi cela ?

– C'est que Votre Seigneurie ne m'a point parlé de cette condition lorsqu'elle m'a offert de prendre du service parmi ses archers.

– Je ne t'ai point parlé de cette condition, dit le prince, parce que je n'ai pas pensé que tu eusses l'espérance de conserver une parure qui n'est point de ton état. Es-tu d'origine noble pour porter des cheveux longs comme un baron ou un chevalier ?

– Et cependant, dit le jeune homme éludant la question, si j'eusse su que Votre Seigneurie exigeât de moi un pareil sacrifice, peut-être eussé-je refusé ses offres, quelque désir que j'eusse eu de les accepter.

– Il est encore temps de retourner en arrière, mon jeune maître, répondit le prince, qui commençait à trouver étrange une pareille obstination de la part d'un homme du peuple. Mais prends garde que cela ne te serve pas à grand'chose, et que le premier seigneur sur les terres duquel tu passeras n'exige le même sacrifice sans t'offrir le même dédommagement.

– Pour tout autre que vous, monseigneur, répondit Othon en souriant avec une expression de dédain qui étonna le prince et fit trembler Héléna, ce serait chose facile à entreprendre, mais difficile à mener à bien. Je suis archer, et, continua-t-il en posant les mains sur ses flèches, je porte, comme Votre Seigneurie peut le voir, la vie de douze hommes à ma ceinture.

– Les portes du château sont ouvertes, répondit le comte, reste ou pars, à ta volonté. Je n'ai rien à changer à l'ordre que j'ai donné ; décide-toi librement. Tu sais les conditions à cette heure, et tu ne pourras pas dire que j'ai surpris ton engagement.

– Je suis décidé, monseigneur, répondit Othon en s'inclinant avec un respect mêlé de dignité, et en prononçant ces paroles avec un accent qui prouvait qu'en effet sa résolution était prise.

– Tu pars ? dit le prince.

Othon ouvrit la bouche pour répondre ; mais, avant de prononcer les mots qui devaient le séparer pour jamais d'Héléna, il voulut jeter un dernier regard sur elle ; une larme tremblait dans les yeux de la jeune fille.

Othon vit cette larme.

– Tu pars ? reprit une seconde fois le prince, étonné d'attendre si longtemps la réponse d'un de ses serviteurs.

– Non, monseigneur, je reste, dit Othon.

– C'est bien, dit le prince, je suis aise de te voir plus raisonnable.

Et il continua son chemin.

Héléna ne répondit rien ; mais elle regarda Othon avec une telle expression de reconnaissance, que, lorsque le père et la fille furent hors de sa vue, le jeune homme se retourna joyeusement vers le barbier, qui attendait sa réponse.

– Allons, mon maître, lui dit-il, à la besogne.

Et, le poussant dans la première chambre qu'il trouva ouverte sur la galerie, il s'assit et livra sa tête au pauvre frater, qui commença l'opération pour laquelle il avait été mandé, sans rien comprendre à tout ce qui venait de se passer devant lui. Il n'en procéda pas moins avec une telle activité, qu'au bout d'un instant les dalles étaient couvertes de cette charmante chevelure dont les flots blonds et bouclés encadraient, cinq minutes auparavant, avec tant de grâce le visage du jeune homme.

Othon était resté seul, et, quel que fût son dévouement aux moindres ordres d'Héléna, il ne pouvait regarder sans regret les boucles soyeuses avec lesquelles aimait tant à jouer sa mère, lorsqu'il crut entendre au bout du corridor un léger bruit ; il prêta l'oreille, et reconnut le pas de la jeune fille. Alors, quoique le sacrifice eût été fait pour elle, il eut honte de se montrer à elle le front dépouillé de ses cheveux, et se jeta précipitamment dans un renfoncement devant lequel pendait une tapisserie. Il y était à peine, qu'il vit paraître Héléna ; elle marchait lentement et comme si elle eût cherché quelque chose. En passant devant la porte, ses yeux se portèrent sur le parquet. Alors regardant autour d'elle et voyant qu'elle était seule, elle s'arrêta un instant, écouta ; puis, aussitôt, rassurée par le silence, elle entra doucement, se baissa, toujours écoutant et regardant ; puis, ayant ramassé une boucle des cheveux du jeune archer, elle la cacha dans sa poitrine et se sauva.

Quant à Othon, il était tombé à genoux devant la tapisserie, la bouche ouverte et les mains jointes.

Deux heures après, et au moment où l'on s'y attendait le moins, le comte de Ravenstein commanda à sa suite de se tenir prête à quitter le lendemain avec lui le château de Clèves. Chacun s'étonna de cette résolution subite ; mais, le même soir, le bruit se répandit, parmi les serviteurs du prince, que, pressée par son père de répondre à la demande qui lui avait été faite de sa main, la jeune comtesse avait déclaré qu'elle préférait entrer dans un couvent plutôt que d'être jamais la femme du comte de Ravenstein.

## VII

Huit jours après les événements que nous avons racontés dans notre dernier chapitre, et au moment où le prince Adolphe de Clèves allait se lever de table, on annonça qu'un héraut du comte de Ravenstein venait d'entrer dans la cour du château, apportant les défiances de son maître. Le prince se tourna vers sa fille avec une expression dans laquelle se mêlaient d'une manière profonde la tendresse et le reproche. Héléna rougit et baissa les yeux ; puis, après un moment de silence, le prince ordonna que le messager fût introduit.

Le héraut entra ; c'était un noble jeune homme, vêtu aux couleurs du comte et portant ses armes sur la poitrine ; il salua profondément le prince, et, avec une voix à la fois pleine de fermeté et de courtoisie, il accomplit sa mission de guerre.

Le comte de Ravenstein, sans indiquer les motifs de sa déclaration, défiait le prince Adolphe partout où il pourrait le rencontrer, soit seul à seul, soit vingt contre vingt, soit armée contre armée, de jour ou de nuit, sur la montagne ou dans la plaine.

Le prince écouta les défiances du comte, assis et couvert ; puis, lorsqu'elles furent faites, il se leva, prit sur une stalle, où il était jeté, son propre manteau de velours doublé d'hermine, l'ajusta sur les épaules du héraut, détacha une chaîne d'or de son cou, la passa à celui du messager, et recommanda qu'on lui fît faire grande chère, afin qu'il quittât le château en disant que, chez le prince Adolphe de Clèves, un défi de guerre était reçu comme une invitation de fête.

Cependant le prince, sous cette apparente tranquillité, cachait une inquiétude profonde. Il était arrivé à cet âge où l'armure commence à peser aux épaules du guerrier. Il n'avait ni fils ni neveu à qui confier la défense de sa querelle ; des amis seulement, parmi lesquels, au milieu de ces temps de trouble où chacun avait affaire, soit pour son propre compte, soit pour la cause de l'empereur, il ne se dissimulait pas qu'il obtiendrait difficilement, non pas sympathie, mais secours. Il n'en envoya pas moins de tous côtés des lettres qui en appelaient aux alliances et aux amitiés. Puis il s'occupa activement de réparer son château, d'en fortifier les endroits faibles et d'y faire entrer le plus de vivres possible.

De son côté, le comte de Ravenstein avait mis à profit les huit jours d'avance qu'il avait eus sur son adversaire. Aussi, quelques jours après le message reçu, et avant que les alliés du prince de Clèves eussent eu le temps d'arriver à son secours, on entendit tout à coup une voix qui criait : « Aux armes ! » Cette voix était celle d'Othon, qui se trouvait de garde sur les murailles, et qui venait d'apercevoir à l'horizon, et du côté de Nimègue, un nuage de poussière, au milieu duquel brillaient des armes, comme les étincelles dans la fumée.

Le prince, sans penser que l'attaque serait si prompte, se tenait cependant prêt à toute heure. Il fit fermer les portes, baisser les herses, et ordonna à la garnison de monter sur les remparts. Quant à Héléna, elle descendit dans la chapelle de la comtesse Béatrix et se mit à prier.

Cependant, lorsque les troupes au comte de Ravenstein ne furent plus qu'à une demie-lieue du château, le même héraut, qui était déjà venu au nom de son maitre, se détacha de l'armée précédé d'un trompette et s'approcha jusqu'au pied des murailles. Arrivé Là, le trompette sonna trois fois, et le héraut, de la part du comte, défia de nouveau le prince en personne, ou tout champion qui voudrait combattre à sa place, accordant trois jours, pendant lesquels il devait, chaque matin, venir, dans la prairie qui séparait les remparts du fleuve, requérir le combat singulier ; après lequel temps, si son défi n'était pas tenu, il offrirait le combat général ; puis, ce nouveau défi porté, il s'avança jusqu'à la porte et cloua dans le chêne le gant du comte avec son poignard.

Le prince, pour toute réponse, jeta le sien du haut de la muraille. Puis, comme la nuit s'avançait, assiégés et assiégeants firent leurs dispositions, les uns d'attaque et les autres de défense.

Cependant Othon, relevé de son poste et voyant que le danger n'était pas imminent, était descendu des remparts dans le château ; car, en parcourant le quartier réservé aux archers et aux serviteurs du prince, il arrivait parfois qu'il apercevait Héléna dans quelque corridor. Alors la jeune fille, quoiqu'elle ignorât qu'elle eût été vue par le jeune archer le jour où elle ramassait la boucle de cheveux, souriait parfois et rougissait toujours. Puis, sous un prétexte quelconque, elle adressait, mais rarement, la parole à Othon : ces jours-là, c'était fête dans le cœur de l'archer, et, aussitôt qu'elle l'avait quitté, il allait se cacher dans quelque coin retiré et solitaire du château, où il écoutait en souvenir les paroles de la jeune châtelaine, et revoyait, en fermant les yeux, le sourire ou la rougeur qui les avait accompagnées.

Cette fois, ce fut en vain ; il eut beau plonger ses regards à travers toutes les fenêtres, parcourir tous les corridors, il ne la vit ni ne la rencontra. Se doutant alors qu'elle priait dans l'église du château, il y descendit ; l'église était solitaire. Il ne restait plus que la chapelle de la comtesse Béatrix où elle pût être ; mais cette chapelle était la chapelle réservée, et les serviteurs n'y entraient jamais que lorsqu'ils y étaient appelés.

Othon hésita un instant à la suivre dans ce sanctuaire ; mais, pensant que la gravité des circonstances pouvait lui servir d'excuse, il se dirigea enfin du côté où il espérait la trouver, et, soulevant la tapisserie qui pendait devant la porte, il aperçut Héléna agenouillée au pied de l'autel.

Pour la première fois, Othon entrait dans cet oratoire : c'était une retraite obscure et religieuse où le jour ne pénétrait qu'à travers les vitraux coloriés, et où tout disposait l'âme à la prière. Une seule lampe suspendue au-dessus de l'autel brûlait devant un tableau qui représentait toujours cette même tradition d'un chevalier traîné par un cygne ; seulement, ici, la tête du chevalier était entourée d'une auréole brillante, et aux deux colonnes qui encadraient le tableau étaient suspendus, d'un côté, un glaive de croisé dont la poignée et le fourreau étaient d'or, et, de l'autre, un cor d'ivoire incrusté de perles et de rubis ; puis, entre les colonnes et, au-dessus du tableau, comme c'est encore aujourd'hui la coutume en Allemagne, était suspendu un bouclier surmonté d'un casque : c'étaient le même bouclier et le même casque que l'on voyait sur le tableau, et il était facile de les reconnaître ; car, sur la toile comme sur l'acier, on voyait briller le même blason, qui était d'or à une croix de gueules couronnée d'épines sur un mont de sinople. Ce glaive, ce cor, ce casque et ce bouclier étaient donc très-probablement ceux du chevalier au cygne, et ce chevalier, sans aucun doute, était un de ces anciens preux qui avaient pris part aux croisades.

Othon s'approcha doucement de la jeune fille : elle priait à voix basse devant le chevalier, comme elle aurait pu faire devant le Christ ou devant un martyr, et tenait à la main un rosaire à grains d'ébène incrustés de nacre, au bout duquel pendait une petite clochette qui ne rendait plus aucun son, le battant s'en étant détaché par vétusté sans doute et n'ayant point été remplacé.

Au bruit que fit Othon en heurtant une chaise, la jeune fille se retourna, et, loin que sa figure marquât aucun ressentiment d'avoir été suivie ainsi, elle le regarda avec un sourire triste mais doux.

— Vous le voyez, lui dit-elle, chacun de nous fait selon l'esprit que Dieu a mis en lui. Mon père se prépare à combattre, et, moi, je prie. Vous espérez triompher par le sang ; moi, j'espère vaincre par les larmes.

— Et quel saint priez-vous ? répondit Othon cédant à la curiosité que lui inspirait la vue de cette image reproduite ainsi, tantôt sur la pierre et tantôt sur la toile. Est-ce saint Michel ou saint Georges ? Dites-moi son nom, que je puisse prier le même saint que vous.

— Ce n'est ni l'un ni l'autre, répondit la jeune fille ; c'est Rodolphe d'Alost ; et le peintre s'est trompé lorsqu'il lui a mis l'auréole ; c'était la palme qui lui appartenait, car il était martyr et non pas saint.

— Et cependant, reprit Othon, vous le priez comme s'il était assis à la droite de Dieu ; que pouvez-vous espérer de lui ?

— Un miracle comme celui qu'il a fait pour notre aïeule en occasion pareille. Mais, hélas ! le rosaire de la comtesse Béatrix est muet aujourd'hui, et le son de la clochette bénite n'ira pas une seconde fois réveiller Rodolphe en terre sainte.

— Je ne puis vous donner ni crainte ni espoir, répondit Othon, car je ne sais ce que vous voulez dire.

– Ne connaissez-vous point cette tradition de notre famille ? répondit Héléna.

– Je ne connais que ce que j'en vois : ce chevalier, qui traverse le Rhin dans une barque conduite par un cygne, a sans doute délivré la comtesse Béatrix de quelque danger ?

– D'un danger pareil à celui qui nous menace en ce moment, et voilà pourquoi je le prie. Dans un autre temps, je vous raconterai cette histoire, continua Héléna en se levant pour se retirer.

– Et pourquoi pas maintenant ? répondit Othon en faisant un geste respectueux pour arrêter la jeune fille. Le temps et le lieu sont bien choisis pour une légende guerrière et pour une tradition sainte.

– Asseyez-vous donc là, et écoutez, répondit la jeune fille, qui ne demandait pas mieux que de trouver un prétexte pour rester avec Othon.

Othon fit un signe de la tête, indiquant qu'il se rappelait la distance qu'Héléna voulait bien oublier, et resta debout auprès d'elle.

– Vous savez, dit la jeune fille, que Godefroy de Bouillon était l'oncle de la princesse Béatrix de Clèves, notre aïeule.

– Je sais cela, répondit en s'inclinant le jeune homme.

– Mais, ce que vous ignorez, continua Héléna, c'est que le prince Robert de Clèves, qui avait épousé la sœur du héros brabançon, résolut de suivre son beau-frère à la croisade, et, malgré les prières de sa fille Béatrix, prépara tout pour accomplir cette sainte résolution. Godefroy, si pieux qu'il fût, avait d'abord voulu le détourner de ce projet, car, en partant pour la terre sainte, Robert laissait seule et sans appui sa fille unique, âgée de quatorze ans à peine. Mais rien ne put arrêter le vieux soldat, et, à tout ce qu'on put lui dire, il répondit par la devise qu'il avait déjà inscrite sur sa bannière :

« Dieu le veut !

« Godefroy de Bouillon devait prendre, en passant, son beau-frère : le chemin de la croisade était tracé à travers l'Allemagne et la Hongrie, et cela ne l'écartait point de sa route ; d'ailleurs, il voulait dire adieu à sa jeune nièce Béatrix. Il laissa donc son armée, qui se composait de dix mille hommes à cheval et de soixante et dix mille fantassins, sous les ordres de ses frères Eustache et Beaudoin, leur adjoignit pour ce commandement provisoire son ami Rodolphe d'Alost, et descendit le Rhin de Cologne à Clèves.

« Il n'avait pas vu la jeune Béatrix depuis six ans. Pendant cette intervalle, elle était devenue, d'enfant, jeune fille ; on citait partout sa beauté naissante, qui devint si merveilleuse par la suite, qu'aujourd'hui encore, lorsqu'on veut parler dans le pays d'une femme accomplie sous ce rapport, on dit : « Belle comme la princesse Béatrix. »

« Godefroy tenta de nouveaux efforts auprès de son beau-frère pour obtenir de lui qu'il restât près de son enfant. Mais ce fut en vain, le prince avait déjà pris toutes les mesures pour accompagner le futur souverain de Jérusalem. Un écuyer, nommé Gérard, renommé par sa force et son courage, et qui possédait toute la confiance de son maître, fut choisi par lui pour protéger la jeune princesse, et reçut à cet effet tous les droits d'un tuteur et tout le pouvoir d'un mandataire.

« Quant à Godefroy, qui, dans un moment de prescience sans doute, voyait avec peine tous ces arrangements, il donna pour tout don à sa nièce un chapelet que je tenais entre les mains lorsque vous êtes entré tout à l'heure : il avait été rapporté de terre sainte par Pierre l'Ermite lui-même ; il avait touché le saint tombeau de Notre-Seigneur, et avait été béni par le révérend père gardien du saint sépulcre. Pierre l'Ermite l'avait donné à Godefroy de Bouillon comme un talisman sacré auquel étaient attachées des propriétés miraculeuses, et Godefroy assura à la jeune fille que, si quelque danger la menaçait, elle n'avait qu'à prendre ce chapelet, dire avec lui sa prière d'un cœur religieux et fervent, et qu'alors il entendrait, quelque part qu'il fût, le son de la clochette qui y était attachée, fût-il séparé d'elle par des montagnes et par des mers. Béatrix reçut avec reconnaissance le précieux rosaire dont son père, son oncle et elle connaissaient seuls la vertu, et demanda au prince la permission de fonder une chapelle qui renfermerait dignement dans son écrin de marbre un aussi riche joyau. Je n'ai pas besoin de vous dire que cette demande lui fut accordée.

« Les croisés partirent. Une inscription que vous verrez à la porte du château, et que l'on dit gravée par la main de Godefroy lui-même, indique que ce fut le 3 septembre de l'année 1096. Ils traversèrent paisiblement et sans opposition l'Allemagne et la Hongrie, atteignirent les frontières de l'empire grec, et, après avoir séjourné quelque temps à Constantinople, entrèrent en Bithynie. Ils se rendaient à Nicée, et il n'y avait pas à se tromper de route, car la route leur était indiquée par les ossements de deux armées qui avaient précédé la leur, l'une conduite par Pierre l'Ermite, et l'autre par Gaultier Sans-Argent.

« Ils arrivèrent devant Nicée. Vous connaissez les détails de ce siège. Au troisième assaut, le prince Robert de Clèves fut tué. Cette nouvelle mit six mois à traverser l'espace et à venir habiller de deuil la jeune princesse Béatrix.

« L'armée continua sa route marchant vers le midi, au milieu de telles fatigues et de telles souffrances, que, à chaque ville que les croisés apercevaient, ils demandaient si ce n'était point là enfin la cité de Jérusalem où ils allaient ; enfin la chaleur devint si grande, que les chiens des seigneurs expiraient en laisse et que les faucons mouraient sur le poing. En une seule halte, cinq cents personnes trépassèrent, dit-on, par la grande soif qu'elles éprouvaient et ne pouvaient apaiser. Dieu ait leurs âmes !

« Pendant toute cette longue et douloureuse marche, les souvenirs d'Occident revenaient aux malheureux croisés, plus frais et plus chers que jamais. Ils avaient été ranimés chez Godefroy par la mort de son beau-frère, Robert de Clèves. Aussi, peu de jours se passaient-ils sans que le général chrétien parlât à son jeune ami, Robert d'Alost, de sa charmante nièce Béatrix. Sûr qu'elle ne disposerait pas de sa main sans sa permission, il avait l'espoir, si l'entreprise sainte ne l'enchaînait pas en Palestine pour un trop long temps, d'unir Rodolphe à Béatrix, et il avait si souvent et si chaudement parlé d'elle au jeune guerrier, que celui-ci en était devenu amoureux sur le portrait qu'il lui en avait fait, et que si, par hasard, pendant une journée, Godefroy ne parlait pas de Béatrix à Rodolphe, c'était Rodolphe qui en parlait à Godefroy.

On arriva enfin devant Antioche. Après un siége de six mois, la ville fut prise ; mais aux marches sous un soleil ardent, à la soif dans le désert, succéda bientôt un autre fléau non moins terrible : la faim. Il n'y avait pas moyen de rester plus longtemps dans cette ville qu'on avait souhaitée comme un port. Jérusalem était devenue non-seulement un but, mais encore une nécessité. Les croisés sortirent d'Antioche en chantant le psaume : Que le Seigneur se lève et que ses ennemis soient dispersés, et marchèrent sur Jérusalem, qu'ils aperçurent enfin en arrivant sur les hauteurs d'Emmaüs.

Ils étaient quarante mille seulement de neuf cent mille qu'ils étaient partis.

« Le lendemain, le siège commença : trois assauts se succédèrent sans résultat ; le dernier durait depuis trois jours, lorsque, enfin, le vendredi

15 juillet 1099, au jour et à l'heure mêmes où Jésus-Christ fut crucifié, deux hommes atteignirent le haut des remparts. Mais l'un tomba et l'autre resta debout ; celui qui resta debout fut Godefroy de Bouillon, et celui qui tomba, Rodolphe d'Alost, le fiancé de Béatrix. Le rêve doré du vainqueur était évanoui.

« Godefroy de Bouillon fut élu roi sans cependant cesser d'être soldat. Au retour d'une expédition contre le sultan de Damas, l'émir de Césarée vint à lui et lui présenta des fruits de la Palestine. Godefroy prit une pomme de cèdre et la mangea. Quatre jours après, le 18 juillet de l'an 1100, il expirait après onze mois de règne et quatre ans d'absence.

« Il demanda que son tombeau fût élevé près du tombeau de son jeune ami Rodolphe d'Alost, et ses dernières volontés furent exécutées.

## VIII

Ces nouvelles venaient les unes après les autres retentir en Occident, et, de tous les échos qu'elles éveillaient, le plus douloureux était celui qui pleurait au cœur de Béatrix : elle avait tour à tour appris la mort du prince de Clèves son père, de Rodolphe d'Alost son fiancé, et de Godefroy de Bouillon son oncle. La moins douloureuse de ces trois nouvelles était celle de la mort de Rodolphe, qu'elle n'avait point connu ; mais les deux autres morts la faisaient deux fois orpheline : en perdant Godefroy de Bouillon, elle crut perdre un second père.

« Une nouvelle douleur vint se joindre à celle-ci : pendant les cinq ans qui s'étaient écoulés depuis le départ pour la croisade jusqu'à la mort de Godefroy, Béatrix avait grandi en beauté : c'était alors une gracieuse jeune fille de dix-neuf ans, et elle s'était aperçue que cet écuyer auquel elle avait été confiée n'était point insensible aux sentiments qu'elle inspirait à tous ceux qui s'approchaient d'elle. Cependant, tant qu'il lui était resté un défenseur, Gérard avait renfermé son amour en son âme. Mais, dès qu'il vit Béatrix orpheline et sans appui, il s'enhardit au point de lui déclarer qu'il l'aimait. Béatrix reçut cet aveu comme devait le recevoir la fille d'un prince ; mais Gérard, avant de jeter le masque, avait pris sa résolution : il répondit à la jeune fille qu'il lui accordait un an et un jour pour son deuil, mais que, passé ce temps, elle eût à se préparer à le recevoir pour époux.

« Une transformation complète s'était opérée : le serviteur parlait en maître. Béatrix était faible, isolée et sans défense : nul secours ne lui pouvait venir des hommes, elle se réfugia en Dieu, et Dieu lui envoya, sinon l'espérance, du moins la résignation. Quant à Gérard, il fit, le même jour, fermer les portes du château, et mit à chacune double garde, de peur que Béatrix ne tentât de s'échapper.

« Vous vous rappelez que Béatrix avait fait bâtir cette chapelle pour enfermer le rosaire miraculeux que lui avait donné son oncle. Si Godefroy eût encore vécu, elle eût été sans crainte ; car elle avait le cœur plein de foi, et il lui avait dit qu'en quelque lieu qu'il fût, séparé par des montagnes ou par des mers, il entendrait le bruit de la clochette sainte et viendrait à son secours, mais Godefroy était mort, et, à chaque Pater, la clochette avait beau sonner, il n'y avait plus d'espérance que ce son amenât vers elle un défenseur.

« Les jours s'écoulèrent, puis les mois, puis l'année ; Gérard ne s'était point un instant relâché de sa garde, de sorte que nul ne savait l'extrémité où était réduite Béatrix. D'ailleurs, à cette époque, la fleur de la noblesse était en Orient, et à peine restait-il sur les bords du Rhin deux ou trois chevaliers qui eussent osé, tant la force et le courage de Gérard était connus, prendre la défense de la belle captive.

« Le dernier jour s'était levé. Béatrix venait, ainsi que d'habitude, d'achever sa prière ; le soleil était brillant et pur, comme si la lumière céleste n'éclairait que du bonheur. La jeune fille vint s'asseoir sur son balcon, et, de là, ses yeux se portèrent vers l'endroit du rivage où elle avait perdu de vue son père et son oncle. À ce même endroit, ordinairement désert, il lui sembla apercevoir un point mouvant dont elle ne pouvait, à cause de l'éloignement, distinguer la forme ; mais, du moment qu'elle l'eut aperçu, chose étrange, il lui sembla que ce point se mouvait ainsi pour elle, et, avec cette superstition que les affligés ont seuls, elle mit tout son espoir, sans savoir quel espoir pouvait lui rester encore, en ce point inconnu, qui, à mesure qu'il descendait le Rhin, commençait à prendre une forme. Les yeux de Béatrix étaient fixés sur lui avec tant de persistance, que la fatigue plus encore que la douleur lui faisait verser des larmes. Mais, à travers ces larmes, elle commençait à distinguer une barque. Quelques instants après, elle vit que cette barque était conduite par un cygne et montée par un chevalier qui se tenait debout à la proue, le visage tourné vers elle, comme elle-même avait le visage tourné vers lui, tandis qu'à la poupe hennissait un cheval harnaché en guerre. À mesure que la barque approchait, les détails devenaient visibles : le cygne était attaché avec des chaînes d'or, le chevalier était armé de toutes pièces, à l'exception de son casque et de son bouclier, qui étaient posés près de lui ; de sorte qu'il fut bientôt facile de voir que c'était un beau jeune homme de vingt-cinq à vingt-huit ans, au teint hâlé par le soleil d'Orient, mais dont les cheveux blonds et flottants trahissaient l'origine septentrionale.

Béatrix était tellement plongée dans la contemplation, qu'elle n'avait point vu les remparts se garnir de soldats, attirés comme elle par cet étrange spectacle, et cette contemplation était d'autant plus profonde qu'il n'y avait plus à s'y tromper à cette heure, la barque venait bien droit au château ; car, aussitôt qu'elle fut en face, le cygne prit terre, le chevalier se couvrit la tête de son casque, passa son écu au bras gauche, sauta sur le rivage, tira son cheval après lui, s'élança en selle, et, faisant un signe de la main à l'oiseau obéissant, il s'avança vers le château, tandis que la barque reprenait, en remontant le fleuve, la route qu'elle avait suivie en le descendant.

« Arrivée cinquante pas de la porte principale, le chevalier prit un cor d'ivoire qu'il portait en sautoir, et, l'approchant de ses lèvres, il en tira trois sons puissants et prolongés comme pour commander le silence ; puis ensuite, d'une voix forte :

« – Moi, cria-t-il, soldat du Ciel et noble de la terre, à toi Gérard, châtelain du château, ordonnons, au nom des lois divines et humaines, de renoncer à tes prétentions sur la main de la princesse Béatrix, que tu tiens prisonnière au mépris de sa naissance et de son rang, et de quitter à l'instant même ce château, où tu es entré comme serviteur et où tu oses commander en maître ; faute de quoi, nous te défions à outrance, à la lance et à l'épée, à la hache et au poignard, comme un traître et un déloyal que tu es, ce que nous prouverons avec l'aide de Dieu et de Notre-Dame du mont Carmel ; en signe de quoi, voici notre gant.

« Alors le chevalier tira son gant, qu'il jeta à terre, et l'on vit briller à l'un de ses doigts le diamant que vous avez dû remarquer à la main de mon père, et qui est si beau, qu'il vaut à lui seul la moitié d'une comté.

« Gérard était brave ; aussi, pour toute réponse, la porte principale s'ouvrit. Un page sortit qui vint ramasser le gant, et derrière le page s'avança le châtelain, revêtu de son armure de guerre et monté sur un cheval de bataille.

« Pas une parole ne fut échangée entre les deux adversaires. Le chevalier inconnu abaissa la visière de son casque, Gérard en fit autant. Les champions prirent chacun de son côté le champ qu'ils crurent nécessaire, mirent leur lance en arrêt, et revinrent l'un sur l'autre au galop de leurs chevaux.

« Gérard, je vous l'ai dit, passait pour un des hommes les plus forts et les plus braves de l'Allemagne. Il avait une cuirasse forgée par le meilleur ouvrier de Cologne. Le fer de sa lance avait été trempé dans le sang d'un taureau mis à mort par des chiens, au moment où ce sang bouillait encore des dernières agonies de l'animal, et cependant sa lance se brisa comme du verre contre l'écu du chevalier, tandis que la lance du chevalier perçait du même coup le bouclier, la cuirasse et le cœur de son adversaire. Gérard tomba, sans prononcer une seule parole, sans avoir le temps de se repentir, et comme s'il eût été foudroyé ; le chevalier se retourna vers Béatrix : elle était à genoux et remerciait Dieu.

« Le combat avait été si court et la stupéfaction qui l'avait suivi si grande, que les hommes d'armes de Gérard n'avaient pas même pensé, en voyant tomber leur maître, à fermer la porte du château. Le chevalier entra donc sans résistance dans la première cour, mit pied à terre, passa la bride de son cheval à un crochet de fer, et s'avança vers le perron ; au moment où il mettait le pied sur la première marche, Béatrix parut sur la dernière : elle venait au devant de son libérateur.

« – Ce château est à vous, chevalier, lui dit-elle ; car vous venez de le conquérir. Regardez-le donc comme vôtre. Plus longtemps vous y demeurerez, plus ma reconnaissance sera grande.

« – Madame, répondit le chevalier, ce n'est pas moi, c'est Dieu qu'il faut remercier ; car c'est Dieu qui m'envoie à votre aide. Quant à ce château, c'est la demeure de vos pères depuis dix siècles, et je désire qu'il soit dix siècles encore celle de leurs descendants.

« Béatrix rougit, car elle était la dernière de sa famille.

« Cependant le chevalier avait accepté l'hospitalité offerte : il était jeune, il était beau. Béatrix était seule et maîtresse de son cœur. Au bout de trois mois, les deux jeunes gens s'aperçurent qu'il y avait entre eux d'un côté plus que de l'amitié, et de l'autre plus que de la reconnaissance. Le chevalier parla d'amour, et, comme il paraissait d'une naissance élevée, quoiqu'on ne lui connût ni terres ni comté, Béatrix, riche pour deux, heureuse de faire quelque chose pour celui qui avait tant fait pour elle, lui offrit, avec sa main, cette principauté qu'il lui avait conservée d'une manière si courageuse, et surtout si inattendue. Le chevalier tomba aux pieds de Béatrix : la jeune fille voulut le relever.

« – Pardon, madame, dit le chevalier, car, ayant besoin de votre indulgence, je resterai ainsi jusqu'à ce que je l'obtienne.

« – Parlez, répondit Béatrix. Je vous écoute, prête à vous obéir d'avance, comme si vous étiez déjà mon maître et mon seigneur.

« – Hélas ! dit le chevalier, il va sans doute vous paraître étrange que, recevant un si grand bonheur de vous, je ne puisse l'accepter qu'à une condition.

« – Elle est accordée, répondit Béatrix. Maintenant, quelle est-elle ?

« – C'est que jamais vous ne me demanderez ni mon nom, ni d'où je viens, ni d'où j'avais appris le danger dont vous étiez menacée ; car, si vous me le demandiez, je vous aime tant, que je n'aurais point le courage de vous refuser, et, une fois que je vous l'aurais dit, je ne pourrais plus demeurer près de vous et nous serions séparés pour toujours. Telle est la loi qui m'est imposée par la puissance qui m'a guidé à travers les monts, les plaines et les mers, pendant le long voyage que j'ai fait pour venir vous délivrer.

« – Qu'importe votre nom ? qu'importe d'où vous venez ? qu'importe qui vous a dit que j'étais en péril ? J'abandonne le passé pour l'avenir. Votre nom, c'est le chevalier du Cygne. Vous veniez d'une terre bénie, et c'est Dieu qui vous envoyait. Qu'ai-je besoin de rien savoir de plus ? Voici ma main.

« Le chevalier la baisa avec transport, et, un mois après, le chapelain les unissait dans ce même oratoire où Béatrix, dans la crainte d'un autre mariage, avait, pendant une année et un jour, tant prié et tant pleuré.

« Le ciel bénit cette union : en trois ans, Béatrix rendit le chevalier père de trois fils, qui furent nommés Robert, Godefroy et Rodolphe. Puis trois ans s'écoulèrent encore dans l'union la plus parfaite, et dans un bonheur qui semblait appartenir à un autre monde que celui-ci.

« – Ma mère, dit, un jour, le jeune Robert en rentrant au château, dis-moi donc le nom de mon père.

– Et pourquoi cela ? répondit la mère en tressaillant.

« – Parce que le fils du baron d'Asperen me le demande.

« – Ton père s'appelle le chevalier du Cygne, dit Béatrix, et n'a point d'autre nom.

« L'enfant se contenta de cette réponse et retourna jouer avec ses jeunes amis. Une année s'écoula encore, non plus dans les transports de bonheur qui avaient accompagné les premières, mais dans ce doux repos qui annonce l'intimité des âmes.

« – Ma mère, dit, un jour, le jeune Godefroy, quand il est arrivé en ce pays, dans une barque traînée par un cygne, d'où venait mon père ?

« – Et pourquoi cela ? répondit la mère en soupirant.

« – C'est que le fils du comte de Megen me l'a demandé.

« – Il venait d'un pays lointain et inconnu, dit la mère. Voilà tout ce que je sais.

« Cette réponse suffit à l'enfant, qui la transmit à ses jeunes camarades et continua de jouer sur les bords du fleuve avec l'insouciance de son âge.

« Une année s'écoula encore, mais pendant laquelle le chevalier surprit plus d'une fois Béatrix rêveuse et inquiète ; cependant il ne parut pas s'en apercevoir et redoubla pour elle de soins et de caresses.

« – Ma mère, dit, un jour, le jeune Rodolphe, quand il t'a délivrée du méchant Gérard, qui avait dit à mon père que tu avais besoin de secours ?

« – Et pourquoi cela ? répondit la mère en pleurant.

« – C'est que le fils du margrave de Gorkum me l'a demandé.

« – Dieu, répondit la mère ; Dieu, qui voit ceux qui souffrent et qui leur envoie ses anges pour les secourir.

« L'enfant n'en demanda point davantage. On l'avait habitué à regarder Dieu comme un père, et il ne s'étonna point qu'un père fît pour son enfant ce que Dieu avait fait pour sa mère.

« Mais la princesse Béatrix envisageait les choses autrement : elle avait réfléchi que le premier trésor des fils était le nom de leur père. Or, ses trois fils étaient sans nom. Souvent la question que chacun d'eux lui avait faite leur serait répétée par des hommes, et ils ne pourraient répondre à des hommes ce qu'ils avaient répondu à des enfants. Elle tomba donc dans une tristesse profonde et continue ; car, quelque chose qui pût arriver, elle était décidée à exiger de son époux le secret qu'elle avait promis de ne jamais demander.

« Le chevalier vit cette mélancolie croissante, et en devina la cause. Plus d'une fois, à l'aspect de Béatrix si malheureuse, il fut sur le point de lui tout dire ; mais, à chaque fois, il fut retenu par l'idée terrible que cette confidence serait suivie d'une séparation éternelle.

« Enfin Béatrix n'y put résister davantage, elle vint trouver le chevalier, et, tombant à ses genoux, elle le supplia, au nom de ses enfants, de lui dire qui il était, d'où il venait et qui l'avait envoyé.

« Le chevalier pâlit, comme s'il était près de mourir ; puis, abaissant ses lèvres sur le front de Béatrix et lui donnant un baiser ;

« – Hélas ! cela devait être ainsi, murmura-t-il en soupirant ; ce soir, je te dirai tout.

## IX

« Il était six heures du soir, à peu près, lorsque le chevalier et sa femme vinrent s'asseoir sur le balcon. Béatrix paraissait contrainte et embarrassée : le chevalier était triste.

Tous deux demeurèrent quelques instants en silence, et leurs regards se portèrent instinctivement vers l'endroit où était apparu le chevalier, le jour de son combat avec Gérard. Le même point se faisait apercevoir à la même place. Béatrix tressaillit, le chevalier soupira. Cette même impression qui frappait en même temps leurs deux âmes, les ramena l'un à l'autre : leurs yeux se rencontrèrent. Ceux du chevalier étaient humides et exprimaient un sentiment de tristesse si profonde, que Béatrix ne put le supporter et tomba à genoux.

« – Oh ! non ! non ! mon ami, lui dit-elle, pas un mot de ce secret qui doit nous coûter si cher. Oublie la demande que je t'ai faite, et, si tu ne laisses pas de nom à nos fils, ils seront braves comme leur père et s'en feront un.

« – Écoute, Béatrix, répondit le chevalier, toutes choses sont prévues par le Seigneur, et, puisqu'il a permis que tu me fisses la demande que tu m'as faite, c'est que mon jour est venu. J'ai passé neuf ans près de toi, neuf ans d'un bonheur qui n'était pas fait pour ce monde ; c'est plus qu'aucun homme n'en a jamais obtenu. Remercie Dieu comme je le fais, et écoute ce que je vais te dire.

« – Pas un mot ! pas un mot ! s'écria Béatrix ; pas un mot, je t'en supplie !

« Le chevalier étendit la main vers le point qui, depuis quelques minutes, commençait à devenir plus distinct, et Béatrix reconnut la barque conduite par le cygne.

« – Tu vois bien qu'il est temps, dit-il ; écoute donc ce que tu as eu si longtemps le désir secret d'apprendre, et que je dois t'apprendre du moment que tu me l'as demandé.

« Béatrix laissa tomber en sanglotant sa tête sur les genoux du chevalier. Celui-ci la regarda avec une expression indéfinissable de tristesse et d'amour, et, lui laissant tomber les mains sur les épaules :

« – Je suis, lui dit-il, le compagnon d'armes de ton père, Robert de Clèves, l'ami de ton oncle Godefroy de Bouillon ; je suis le comte Rodolphe d'Alost, tué au siège de Jérusalem.

« Béatrix jeta un cri, releva sa tête pâlie, et fixa sur le chevalier des yeux effrayés et hagards. Elle voulut parler ; mais sa voix ne put proférer que des sons inarticulés, comme ceux qu'on laisse échapper pendant un rêve.

« – Oui, je sais, continua le chevalier, ce que je te dis là est inouï. Mais souviens-toi, Béatrix, que j'étais tombé sur la terre des miracles. Le Seigneur fit pour moi ce qu'il fit pour la fille de Jaïre et le frère de Madeleine. Voilà tout !

« – Ah ! mon Dieu ! mon Dieu ! s'écria Béatrix en se relevant sur ses genoux, ce que vous dites là n'est pas possible !

« – Je te croyais plus de foi, Béatrix, répondit le chevalier.

« – Vous êtes Rodolphe d'Alost ? murmura la princesse.

« – Lui-même : Godefroy, tu le sais, m'avait laissé, ainsi qu'à ses deux frères, le commandement de l'armée pour venir chercher ton père. Lorsqu'il revint à nous, il était tellement émerveillé de ta jeune beauté, que, pendant toute la route, il ne parla que de toi. Si Godefroy t'aimait comme une fille, je puis dire qu'il m'aimait comme un fils ; aussi, du moment où il t'avait revue, une seule idée s'était emparée de lui, celle de nous unir l'un à l'autre. J'avais vingt ans alors, une âme vierge comme celle d'une jeune fille. Le portrait qu'il me fit de toi enflamma mon cœur, et bientôt je t'aimais aussi ardemment que si je t'eusse connue depuis mon enfance. Toutes choses étaient si bien convenues entre nous, qu'il ne m'appelait plus que son neveu.

« Ton père fut tué ; je le pleurai comme s'il eût été mon père. En mourant, il me donna sa bénédiction et me renouvela son consentement. Dès lors je te regardai comme mienne ; ton souvenir, inconnu mais toujours présent, fleurit au milieu de toutes mes pensées ; ton nom se mêla à toutes mes prières.

« Nous arrivâmes devant Jérusalem ; nous fûmes repoussés pendant trois assauts : le dernier dura soixante heures. Il fallait renoncer à tout jamais à la cité sainte ou l'emporter cette fois. Godefroy ordonna une dernière attaque. Nous prîmes ensemble la conduite d'une colonne ; nous marchâmes en tête ; nous dressâmes deux échelles, et nous montâmes côte à côte ; enfin, nous touchions au haut du rempart ; je levais le bras pour saisir un créneau, lorsque je vis briller le fer d'une lance : une douleur aiguë succéda à cette espèce d'éclair, un frisson glacé me courut par tout le corps. Je prononçai ton nom, puis je tombai à la renverse sans plus rien sentir ni rien voir ; j'étais tué.

« Je n'ai aucune idée du temps que je restai endormi de ce sommeil sans rêve qu'on appelle la mort. Enfin, un jour, il me sembla sentir une main qui se posait sur mon épaule. Je crus vaguement que le jour de Josaphat était arrivé. Un doigt toucha mes paupières, j'ouvris les yeux, j'étais couché dans une tombe dont le couvercle se tenait soulevé tout seul, et, devant moi debout, était un homme que je reconnus pour Godefroy, quoiqu'il eût un manteau de pourpre sur les épaules, une couronne sur la tête et une auréole autour du front ; il se pencha vers moi, me souffla sur la bouche, et je sentis rentrer dans ma poitrine la vie et le sentiment. Cependant il me semblait encore être attaché au sépulcre par des crampons de fer. Je voulus parler ; mais mes lèvres remuèrent sans proférer aucun son.

« – Réveille-toi, Rodolphe, le seigneur le permet, » dit Godefroy, « et écoute ce que je vais te dire. »

« Je fis alors un effort surhumain dans lequel se réunirent toutes les forces naissantes de ma nouvelle vie, et je prononçai ton nom.

« – C'est d'elle que je viens te parler, » me dit Godefroy.

« – Mais, interrompit Béatrix, Godefroy était mort aussi !

« – Oui, répondit Rodolphe, et voici ce qui était arrivé :

« Godefroy était mort empoisonné et avait demandé, avant de mourir, que son corps reposât près du mien ; ses volontés avaient été suivies, il avait été inhumé dans son costume royal ; seulement, au manteau de pourpre et au diadème. Dieu avait ajouté une auréole. Godefroy me raconta ces choses, qui étaient arrivées depuis ma propre mort à moi, et que, par conséquent, je ne pouvais savoir.

« – Et Béatrix ? » lui dis-je.

« – Nous voici arrivés à ce qui la regarde, » me répondit-il. « Je dormais donc, comme toi, dans ma tombe, attendant l'heure du jugement, lorsqu'il me sembla peu à peu, comme si je m'éveillais d'un sommeil profond, revenir au sentiment et à la vie. Le premier sens qui s'éveilla en moi fut celui de l'ouïe : je crus entendre le bruit d'une petite sonnette, et, à mesure que l'existence revenait en moi le son devenait plus distinct. Bientôt je le reconnus pour celui de la clochette que j'avais donnée à Béatrix. En même temps, la mémoire me revint et je me rappelai la propriété miraculeuse attachée au rosaire rapporté par Pierre l'Ermite. Béatrix était en danger, et le Seigneur avait permis que le son de la clochette sacrée pénétrât dans mon tombeau et me réveillât jusque dans les bras de la mort.

« J'ouvris les yeux et je me trouvai dans la nuit. Une crainte terrible s'empara alors de moi : comme je n'avais aucune conscience du temps écoulé, je crus avoir été enterré vivant ; mais, au même instant une odeur d'encens parfuma le caveau. J'entendis des chants célestes, deux anges soulevèrent la pierre de ma tombe, et j'aperçus le Christ assis près de sa sainte mère, sur un trône de nuages.

« Je voulus me prosterner ; mais je ne pus faire aucun mouvement.

« Cependant je sentis se dénouer les liens qui retenaient ma langue et je m'écriai :

« – Seigneur, Seigneur ! que votre saint nom soit béni ! »

« Le Christ ouvrit la bouche à son tour, et ses paroles arrivèrent à moi douces comme un chant.

« – Godefroy, mon noble et pieux serviteur, n'entends-tu rien ? » me dit-il.

« – Hélas ! monseigneur Jésus, » répondis-je, j'entends le son de la clochette sainte, qui m'apprend que celle dont le père est mort pour vous, dont le fiancé est mort pour vous, et dont l'oncle est mort pour vous, est en danger à cette heure et n'a plus que vous pour la secourir.

« – Eh bien, que puis-je faire pour toi ? » dit le Christ. « Je suis le Dieu rémunérateur : demande, et ce que tu me demanderas te sera accordé.

« – Ô monseigneur Jésus ! » répondis-je, « je n'ai rien à demander pour moi-même ; car vous avez fait pour moi plus que pour personne. Vous m'avez choisi pour conduire la croisade et délivrer la ville sainte ; vous m'avez donné la couronne d'or là où vous aviez porté la couronne d'épines, et vous avez permis que je mourusse dans votre grâce. Je n'ai donc rien à vous demander pour moi, ô monseigneur Jésus ! maintenant surtout que de mes yeux mortels j'ai contemplé votre divinité. Mais, si j'osais vous prier pour un autre…

« – Ne t'ai-je pas dit que ce que tu demanderais te serait accordé ? Après avoir cru à ma parole pendant ta vie, douteras-tu de ma parole après ta mort ? »

« – Eh bien, monseigneur Jésus ! » lui répondis-je, vous qui lisez au plus profond du cœur des hommes, vous savez avec quel regret je suis mort ; pendant quatre ans, j'avais nourri un espoir bien doux : c'était d'unir celui que j'aime comme un frère à celle que j'aime comme une fille ; la mort les a séparés. Rodolphe d'Alost est mort pour votre sainte cause. Eh bien, monseigneur Jésus, rendez-lui les jours qu'il devait vivre, et permettez qu'il aille au secours de sa fiancée, qu'un grand danger presse en ce moment, si j'en crois le son de la clochette qui ne cesse de retentir, preuve qu'elle ne cesse de prier.

« – Qu'il soit fait ainsi que tu le désires, » dit le Christ ; « que Rodolphe d'Alost se lève et aille au secours de sa fiancée. Je lui donne congé de la tombe jusqu'au jour où sa femme lui demandera qui il est, d'où il vient et qui l'a envoyé. Ces trois questions seront le signe auquel il reconnaîtra que je le rappelle à moi.

« – Seigneur ! Seigneur ! » m'écriai-je une seconde fois, « que votre saint nom soit béni.

« À peine avais-je prononcé ces paroles, qu'il passa comme un nuage entre moi et le ciel, et que tout disparut.

« Alors je me levai de ma tombe et je vins à la tienne. J'appuyai la main sur ton épaule pour t'éveiller de la mort. Je touchai du doigt tes paupières pour t'ouvrir les yeux ; je soufflai mon souffle sur tes lèvres pour te rendre la vie et la parole. Et maintenant, Rodolphe d'Alost, lève-toi ! car c'est la volonté du Christ que tu ailles au secours de Béatrix, et que tu restes près d'elle jusqu'au jour où elle te demandera qui tu es, d'où tu viens, et quel est celui qui t'a envoyé. »

« Godefroy avait à peine cessé de parler, que je sentis se rompre les liens qui m'attachaient au sépulcre. Je me dressai dans ma tombe aussi plein de vie qu'avant que j'eusse reçu le coup mortel, et, comme on m'avait enseveli dans ma cuirasse, je me retrouvai tout armé, à l'exception de mon épée, que j'avais laissée échapper en tombant, et que probablement on n'avait pu retrouver.

« Alors Godefroy me ceignit de son propre glaive, qui était d'or, me suspendit à l'épaule le cor dont il avait l'habitude de se servir au milieu de la mêlée, et passa à mon doigt l'anneau qui lui avait été donné par l'empereur Alexis. Puis, m'ayant embrassé :

« – Frère, » me dit-il, « Dieu me rappelle à lui, je le sens. Remets sur moi la pierre de ma tombe, et, ce soin accompli, va, sans perdre un instant, au secours de Béatrix. »

« À ces mots, il se recoucha dans son sépulcre, ferma les yeux et murmura une seconde fois :

« – Seigneur, Seigneur ! que votre saint nom soit béni. »

« Je me penchai sur lui pour l'embrasser encore une fois ; mais il était sans souffle et déjà endormi dans le Seigneur.

« Je laissai retomber sur lui la pierre qu'un doigt divin avait soulevée ; j'allai m'agenouiller à l'autel, je fis ma prière, et, sans perdre un instant, je résolus de venir à ton secours. Sous le porche de l'église, je trouvai un cheval tout caparaçonné ; une lance était dressée contre le mur : je ne doutai point un instant que l'un et l'autre ne fussent pour moi. Je pris la lance, je montai à cheval, et, pensant que le Seigneur avait confié à son instinct le soin de me conduire, je lui jetai la bride sur le cou et lui laissai prendre la route qui lui convenait.

« Je traversai la Syrie, la Cappadoce, la Turquie, la Thrace, la Dalmatie, l'Italie et l'Allemagne ; enfin, après un an et un jour de voyage, j'arrivai sur les bords du Rhin. Là, je trouvai une barque à laquelle était attaché un cygne avec des chaînes d'or. Je montai dans la barque et elle me conduisit en face du château. Tu sais le reste, Béatrix.

« – Hélas ! s'écria Béatrix, voilà le cygne et la barque qui abordent au même endroit où ils ont abordé alors ; mais, cette fois, malheureuse que je suis, ils viennent te reprendre. Rodolphe, Rodolphe, pardonne-moi !

« – Je n'ai rien à te pardonner, Béatrix, dit Rodolphe en l'embrassant. Le temps est écoulé, Dieu me rappelle, et voilà tout. Remercions-le des neuf années de bonheur qu'il nous a accordées, et demandons-lui des années pareilles pour notre paradis.

« Alors, il appela ses trois fils, qui jouaient dans la prairie ; ils accoururent aussitôt. Il embrassa d'abord Robert, qui était l'aîné, lui donna son écu et son épée, et le nomma son successeur. Puis il embrassa Godefroy, qui était le second, lui donna son cor et lui abandonna la comté de Louën ; enfin, il embrassa à son tour Rodolphe, qui était le troisième, et lui donna l'anneau et le comté de Messe. Puis, ayant une dernière fois serré Béatrix dans ses bras, il lui ordonna de demeurer où elle était, recommanda à ses trois fils de consoler leur mère, qu'ils voyaient pleurer sans rien comprendre à ses larmes ; puis il descendit dans la cour, où il retrouva son cheval tout sellé, traversa la prairie, en se retournant à chaque pas, monta dans la barque, qui reprit aussitôt le chemin par lequel elle était venue, et disparut bientôt dans l'ombre nocturne qui commençait à descendre du ciel.

« Depuis cette heure jusqu'à celle de sa mort, la princesse Béatrix revint tous les jours sur le balcon ; mais elle ne vit jamais reparaître ni la barque, ni le cygne, ni le chevalier.

« Et je venais prier Rodolphe d'Alost, continua Héléna, de demander à Dieu qu'il fasse pour moi un miracle pareil à celui que, dans sa miséricorde, il voulut bien faire pour la princesse Béatrix.

– Ainsi soit-il, répondit Othon en souriant.

## X

Le comte de Ravenstein avait tenu sa promesse. Au lever du soleil, on vit, dans la prairie qui séparait le fleuve du château, flotter sa bannière sur sa tente dressée. À la porte de sa tente était suspendu son écu, au cœur duquel brillaient ses armes, qui étaient de gueules à un lion d'or rampant sur un rocher d'argent ; et, d'heure en heure, un trompette, sortant de la tente et se tournant successivement vers les quatre points de l'horizon, faisait entendre une fanfare de défi.

La journée se passa sans que personne répondît à l'appel du comte de Ravenstein ; car, ainsi que nous l'avons dit, les amis, les alliés ou les parents du prince Adolphe de Clèves en avaient été prévenus trop tard, ou étaient occupés pour leur compte ou pour celui de l'empereur, de sorte que pas un n'était venu. Le vieux guerrier se promenait d'un air soucieux sur les remparts, Héléna priait dans la chapelle de la princesse Béatrix, et Othon offrait de parier qu'il mettrait trois flèches de suite dans le lion rampant du comte de Ravenstein. Quant à Hermann, il avait disparu sans que l'on sût pour quelle cause, et, à l'appel du matin, il n'avait pas répondu, ni personne pour lui.

La nuit vint sans apporter aucun changement à la situation respective des assiégés et des assiégeants. Héléna n'osait lever les yeux sur son père. Ce n'était qu'à cette heure que lui apparaissaient toutes les conséquences de son refus, et ce refus avait été si soudain et si inattendu, qu'elle tremblait à tout moment que le vieux prince ne lui en demandât les causes.

Le jour parut, aussi triste et aussi menaçant que la veille, et, avec le jour, les fanfares du comte de Ravenstein se réveillèrent. Le vieux prince montait d'heure en heure sur les remparts, se tournant comme le trompette vers les quatre coins de l'horizon, et jurant qu'au temps de sa jeunesse pareille chose ne fût pas arrivée sans que dix champions se fussent déjà présentés pour défendre une cause aussi sacrée que l'était la sienne. Héléna ne quittait point la chapelle de la princesse Béatrix. Othon paraissait toujours calme et insoucieux au milieu de l'inquiétude générale. Hermann n'avait pas reparu.

La nuit se passa pleine d'inquiétude et de trouble. Le jour qui se levait était le dernier. Le lendemain, allaient commencer les assauts et les escalades, et la vie de plusieurs centaines d'hommes allait payer le caprice d'une jeune fille. Aussi, lorsque les premiers rayons du jour parurent à l'orient, Héléna, qui avait passé toute la nuit à pleurer et à prier dans la chapelle, était-elle résolue à se sacrifier pour terminer cette querelle.

Elle traversait donc la cour pour aller trouver son père, qui était, lui avait-on dit, dans la salle d'armes, lorsqu'elle apprit qu'à l'appel du matin, Othon avait manqué à son tour, et que l'on croyait que, ainsi qu'Hermann, il avait quitté le château. Cette nouvelle porta le dernier coup à la résistance d'Héléna. Othon abandonnant son père, Othon fuyant lorsque l'aide de tout homme, et surtout d'un homme aussi adroit que lui, était si nécessaire à la défense du château, c'était une de ces choses qui ne s'étaient pas même présentées à son esprit, et qui devaient avoir sur sa détermination une influence rapide et décisive.

Elle trouva son père qui s'armait. Le vieux guerrier en avait appelé à ses souvenirs de jeunesse, et, confiant en Dieu, il espérait que Dieu lui rendrait la force de ses belles années : il était donc décidé à combattre lui-même le comte de Ravenstein.

Héléna comprit, au premier coup d'œil, tout ce qu'une résolution pareille pouvait amener de malheurs. Elle tomba aux genoux de son père, lui disant qu'elle était prête à épouser le comte. Mais, en disant cela, il y avait tant de douleur dans sa voix et tant de larmes dans ses yeux, que le vieux prince vit bien que mieux valait pour lui mourir que vivre, et voir sa fille unique souffrir éternellement une souffrance pareille à celle qu'elle éprouvait à cette heure.

Au moment où le prince relevait Héléna et la pressait sur son cœur, on entendit le défi que d'heure en heure faisait retentir le comte de Ravenstein. Le père et la fille tressaillirent en même temps et comme frappés du même coup. Un silence de mort succéda à ce bruit guerrier. Mais, cette fois, le silence fut court ; le son d'un cor répondit à l'appel qui venait d'être fait. Le prince et Héléna tressaillirent de nouveau, mais de joie. Il leur arrivait un défenseur.

Tous deux montèrent au balcon de la princesse Béatrix, pour voir, de quel côté leur arrivait ce secours inespéré ; et cela leur fut chose facile, car tous les bras et tous les yeux étaient tendus vers la même direction. Un chevalier, armé de toutes pièces et visière baissée, descendait le Rhin dans une barque, ayant à ses côtés son écuyer, armé comme lui. Son cheval de guerre était à la proue, tout couvert de fer comme son maître, et répondait par des hennissements au double appel guerrier qu'il venait d'entendre. À mesure qu'il avançait, on pouvait distinguer ses armes, qui étaient de gueules à un cygne d'argent. Héléna ne revenait pas de sa surprise. Rodolphe d'Alost avait-il entendu ses prières, et un défenseur surnaturel renouvelait-il pour elle le miracle que Dieu avait fait en faveur de la princesse Béatrix ?

Quoi qu'il en fût, la barque continuait d'avancer au milieu de l'étonnement général. Enfin, elle prit terre à l'endroit même où s'était arrêtée, deux siècles et demi auparavant, celle du comte Rodolphe d'Alost. Le chevalier inconnu sauta sur le rivage, tira son cheval après lui, s'élança en selle, et, tandis que son écuyer restait sur le bateau, il alla saluer le prince Adolphe et la princesse Héléna, et, montant droit à la tente du comte de Ravenstein, il toucha son écu du fer de sa lance ; ce qui était un signe qu'il le défiait à fer émoulu et à outrance. L'écuyer du comte de Ravenstein sortit aussitôt et regarda quelles étaient les armes du chevalier inconnu. Il avait une lance à la main, une épée au côté, et une hache pendue à l'arçon de sa selle ; de plus, il portait au cou le petit poignard que l'on appelait le poignard de merci. Cet examen fini, l'écuyer rentra dans la tente ; quant au chevalier, après avoir salué une seconde fois ceux qu'il venait secourir, il prit du champ ce qu'il lui en fallait, et, s'arrêtant à cent pas de la tente, à peu près, il attendit son adversaire.

L'attente ne fut pas longue : le comte se tenait tout armé, de sorte qu'il n'avait que son casque à placer sur sa tête pour être prêt à entrer en lice. Il sortit donc bientôt de sa tente. On lui amena son cheval, et il s'élança dessus avec une ardeur qui prouvait le désir qu'il avait de ne pas retarder d'un instant le combat que venait lui offrir d'une manière si inattendue le chevalier au cygne d'argent. Cependant, si pressé qu'il fût, il jeta un coup d'œil sur son ennemi, afin de reconnaître, s'il était possible, par quelque signe héraldique, à quel homme il avait affaire. Le chevalier portait au cimier de son casque, pour toute marque distinctive, une petite couronne d'or dont les fleurons étaient découpés en feuilles de vigne ; ce qui indiquait qu'il était prince ou fils de prince.

Il y eut alors un moment de silence, pendant lequel chacun des deux champions apprêtait ses armes, et qui fut employé par les spectateurs à un examen rapide de chacun d'eux.

Le comte de Ravenstein, âgé de trente à trente-cinq ans, arrivé à toute la puissance de l'âge, carrément posé sur son cheval de guerre, était le type de la force matérielle. On sentait qu'on aurait autant de peine à l'arracher de ses arçons qu'à déraciner un chêne, et qu'il faudrait un rude bûcheron pour mener à bien une pareille besogne.

Le chevalier inconnu, au contraire, autant qu'on en pouvait juger par la grâce de ses mouvements, sortait à peine de l'adolescence ; son armure, si bien fermée qu'elle fût, avait la souplesse d'une peau de serpent : on sentait pour ainsi dire, sous ce fer élastique, circuler un jeune sang : et, vainqueur ou vaincu, on comprenait qu'il devait attaquer ou se défendre par des ressources toutes différentes de celles que la nature avait mises à la disposition du comte de Ravenstein.

La trompette du comte sonna ; le cor du chevalier inconnu y répondit, et le prince Adolphe de Clèves, qui, de son balcon, dominait le combat comme un juge du camp, emporté par les souvenirs de sa jeunesse, cria d'une voix forte :

– Laissez aller !

Au même instant, les deux adversaires s'élancèrent l'un sur l'autre et se joignirent à peu près au milieu de la distance qu'ils avaient choisie. La lance du comte glissa sur le bord de l'écu du chevalier, et alla se briser contre la targe qu'il portait suspendue au cou, tandis que la lance du chevalier atteignit le cimier du casque de son adversaire, brisa les courroies qui l'attachaient sous le menton, et l'enleva du front du comte, qui resta la tête nue et désarmée ; au même moment, quelques gouttes de sang roulant sur son visage indiquèrent que le fer de lance, en même temps qu'il lui arrachait son masque, lui avait effleuré le crâne.

Le chevalier au cygne d'argent s'arrêta pour donner au comte le temps de prendre un autre casque et une autre lance, indiquant par là qu'il ne voulait pas profiter d'un premier avantage et qu'il était prêt à recommencer le combat avec des chances égales.

Le comte comprit cette courtoisie et hésita un instant avant de se décider à en profiter. Cependant, comme son adversaire lui avait donné la preuve, par cette première rencontre, qu'il n'était pas un adversaire à dédaigner, il jeta le tronçon inutile, prit des mains de son écuyer un casque nouveau, et, repoussant du bras la lance qu'il lui présentait, il tira son épée, indiquant qu'il préférait continuer le combat à cette arme. Aussitôt le chevalier imita son ennemi en tout point, et, jetant à son tour sa lance et tirant son épée, il salua en signe qu'il attendait son bon plaisir. Les trompettes retentirent une seconde fois, et les deux adversaires se précipitèrent l'un sur l'autre.

Dès les premiers coups, les spectateurs virent que leurs prévisions ne les avaient pas trompés : l'un des combattants comptait sur sa force et l'autre sur son adresse. Chacun agissait donc en conséquence, le premier frappant d'estoc, le second de pointe ; le comte de Ravenstein essayant d'entamer l'armure de son adversaire, le chevalier inconnu cherchant tous les moyens de fausser celle de son ennemi.

C'était une lutte terrible ; le comte de Ravenstein, frappant à deux mains comme un bûcheron, enlevait à chaque coup quelques éclats de fer ; le cygne d'argent avait complètement disparu, le bouclier tombait, morceau par morceau, la couronne d'or était brisée ; de son côté, le chevalier inconnu avait cherché toutes les voies par lesquelles la mort pouvait se glisser jusqu'au cœur de son adversaire ; et, du gorgerin de son casque, des épaulières de sa cuirasse, des gouttes de sang coulant sur l'armure du comte indiquaient que la pointe de l'épée avait pénétré par chaque ouverture qui lui avait été offerte. En continuant de cette sorte, l'issue du combat devenait une question de temps. L'armure du chevalier au cygne d'argent résisterait-elle jusqu'au moment où le comte de Ravenstein perdrait ses forces par les deux ou trois blessures qu'il paraissait avoir déjà reçues ? Voilà ce que chacun se demandait en voyant la tactique adoptée par chacun des combattants. Enfin un dernier coup d'épée du comte de Ravenstein brisa entièrement le cimier du casque de son adversaire et lui laissa le haut de la tête à peu près désarmé. Dès lors toutes les chances parurent devoir être pour le comte : il y eut un instant d'angoisse terrible pour le prince et pour Héléna.

Mais leur crainte ne fut pas longue : leur jeune champion comprit qu'il était temps de changer de tactique ; il cessa à l'instant même de porter des coups pour ne plus s'occuper que de parer. Alors on vit une joute merveilleuse ; le chevalier au cygne d'argent s'arrêta, immobile comme une statue : son bras et son épée semblaient seuls vivants, et, dès lors, l'épée de son adversaire, rencontrant partout la sienne, ne toucha pas une seule fois son armure. Le comte était habile dans les armes ; mais toutes les ressources des armes paraissaient être connues à son ennemi. Les deux lames se suivaient comme si un aimant les eût attirées l'une vers l'autre : c'était l'éclair croisant l'éclair, deux dards de serpents qui jouent.

Cependant une pareille lutte ne pouvait durer ; les blessures du comte, si légères qu'elles fussent, laissaient échapper du sang qui coulait jusque sur les housses de son cheval ; le sang s'amassait dans le casque, et, de temps en temps, le comte était obligé de souffler par les trous de sa visière. Il sentit que ses forces commençaient à diminuer et que ses regards se troublaient ; l'adresse de son adversaire lui était maintenant trop visiblement démontrée pour qu'il espérât rien de son épée ; aussi, prenant une résolution désespérée, d'une main il jeta loin de lui l'arme inutile, et de l'autre il arracha vivement la hache qui pendait à l'arçon de sa selle. Le chevalier en fit autant avec une justesse et une promptitude qui tenaient de la magie, et les deux adversaires se retrouvèrent prêts à recommencer un nouveau combat, qui, cette fois, ne pouvait manquer d'être décisif.

Mais, aux premiers coups qu'ils se portèrent, les deux champions s'aperçurent avec étonnement que les choses avaient changé de face : c'était le comte de Ravenstein qui se tenait sur la défensive, et c'était le chevalier au cygne d'argent qui attaquait à son tour, et cela avec une telle force et une telle rapidité, qu'il était impossible de suivre des yeux l'arme courte et massive qui flamboyait dans sa main. Le comte se montra un instant digne de son nom et de sa renommée ; mais enfin, étant arrivé trop tard à la parade, un coup de l'arme de son adversaire tomba d'aplomb sur son casque, brisa le cimier et la couronne de comte, et, quoique la hache ne pénétrât point jusqu'à la tête, elle fit l'effet d'une massue. Le comte, étourdi, baissa la tête jusque sur le cou de son cheval, qu'il saisit de ses deux mains, cherchant instinctivement un appui ; puis il laissa tomber sa hache ; et, vacillant un instant lui-même, il tomba à son tour sans que son adversaire eût eu besoin de redoubler.

Ses écuyers accoururent et ouvrirent son casque : le comte rendait le sang par le nez et par la bouche, et était complètement évanoui. Ils le transportèrent dans sa tente et, en le désarmant, lui trouvèrent, outre les blessures de la tête, cinq autres blessures en différents endroits du corps.

Quant au chevalier au cygne d'argent, il rattacha sa hache à l'arçon de sa selle, remit son épée au fourreau, reprit sa lance, et, s'avançant de nouveau vers le balcon de la comtesse Béatrix, il salua le prince Adolphe et sa fille ; puis, au moment où ils croyaient que leur libérateur allait entrer au château, il se dirigea vers le rivage, descendit de cheval et rentra dans sa barque, qui remonta aussitôt le fleuve, emportant le vainqueur mystérieux.

Deux heures après, le comte, revenu à lui, ordonna à l'instant même de lever le camp et de reprendre le chemin de Ravenstein.

Le soir, arriva le comte Karl de Hombourg avec une vingtaine d'hommes d'armes. Il venait au secours du prince Adolphe de Clèves, qui, ainsi que nous l'avons dit, avait envoyé des messages à tous les amis et alliés qu'il avait dans les environs.

Le secours était maintenant inutile ; mais le vieux guerrier n'en fut pas moins grandement accueilli et dignement fêté.

## XI

Pendant que les événements que nous avons racontés se passaient à Clèves, le landgrave Ludwig n'ayant plus près de lui que son vieil ami le comte Karl de Hombourg, était demeuré dans le château de Godesberg pleurant Emma, qui ne voulait pas revenir près de lui, et Othon, qu'il croyait mort. Vainement le comte essayait de lui rendre un double espoir en lui disant que sa femme lui pardonnerait et que son fils s'était sans doute échappé à la nage ; le pauvre landgrave ne voulait pas croire à cette parole d'espoir, et disait qu'ayant condamné sans miséricorde, il était à son tour condamné sans merci. Cet état violent ne pouvait durer ; mais une mélancolie profonde lui succéda, et le landgrave s'enferma dans les appartements les plus reculés du château de Godesberg.

Hombourg était seul admis près de lui, et encore, des jours se passaient-ils quelquefois tout entiers sans qu'il pût parvenir jusqu'à son ami. Le bon chevalier ne savait plus que faire : tantôt il voulait aller rechercher Emma au couvent de Nonenwerth, mais il craignait qu'un nouveau refus ne redoublât les chagrins de l'époux ; tantôt il voulait se mettre en quête d'Othon, mais tremblait qu'une recherche inutile ne portât au comble les angoisses du père.

Ce fut sur ces entrefaites qu'arrivèrent au château de Godesberg les dépêches du prince Adolphe de Clèves. Dans toute autre circonstance, le landgrave Ludwig se fût empressé de se rendre en personne à cette invitation de guerre ; mais il était tellement absorbé dans sa douleur, qu'il donna ses pouvoirs à Hombourg, et que le bon chevalier, après avoir lui-même, selon sa coutume, revêtu son ami Hans de son harnais de bataille, se mit à la tête de vingt hommes d'armes et s'achemina vers la principauté de Clèves, où il arriva le soir même du jour où avait eu lieu, entre le chevalier au cygne d'argent et le comte de Ravenstein, le combat que nous avons décrit.

Le comte Karl avait été reçu comme un ancien compagnon d'armes et avait trouvé le château en fête. Une seule circonstance dont nul ne pouvait se rendre compte venait jeter son ombre sur la joie du prince : c'était la disparition du chevalier inconnu, qui s'était éloigné d'une manière si inattendue et si rapide, que le prince l'avait vu disparaître avant d'avoir trouvé un moyen de le retenir. Il ne fut, pendant toute la soirée, question que de cette étrange aventure, et chacun se retira sans y avoir rien pu comprendre.

L'esprit du prince avait tellement été fixé sur une seule pensée, depuis l'issue du combat, que ce ne fut que lorsqu'il se retrouva seul qu'il se rappela la disparition de ses deux archers, Hermann et Othon. Une conduite pareille au moment du danger lui parut si étrange de la part de ces deux hommes, qu'il résolut, s'ils reparaissaient au château sans pouvoir donner d'excuse valable, de les renvoyer honteusement aux yeux de tous. En conséquence, l'ordre fut donné aux gardes de nuit de prévenir le prince, dès le matin, dans le cas où Othon et Hermann seraient rentrés pendant la nuit.

Le lendemain, au point du jour, un serviteur entra dans la chambre du prince. Les deux déserteurs étaient rentrés dans le quartier des gardes vers les deux heures du matin.

Le prince s'habilla aussitôt, et ordonna que l'on fit venir Othon.

Dix minutes après, le jeune archer se présenta devant son maître. Il avait l'air aussi calme que s'il ne se fût pas douté de la cause pour laquelle il était monté. Le prince le regarda sévèrement ; mais le motif qui fit baisser les yeux à Othon devant ce regard terrible fut visiblement un sentiment de respect et non de honte. Le prince ne comprenait rien à une pareille assurance.

Alors il interrogea Othon, et le jeune homme répondit à toutes les questions du prince avec respect, mais avec fermeté ; il avait été occupé pendant toute cette journée d'une affaire importante dans laquelle Hermann l'avait secondé : voilà tout ce qu'il pouvait dire. Quant à la faute d'Hermann, il la prenait sur son compte, attendu que c'était lui, Othon, qui avait usé de son influence sur ce jeune homme, qui lui devait la vie, pour le faire manquer à ses devoirs.

Le prince ne comprenait rien à cette obstination ; mais, comme à une faute contre les règles de la discipline militaire elle ajoutait une désobéissance au pouvoir seigneurial, il dit à Othon qu'il regrettait de se séparer d'un aussi adroit archer, mais qu'il était hors des règles établies au château qu'un serviteur s'éloignât ainsi, sans demander la permission de le faire, et rentrât sans vouloir dire d'où il venait ; en conséquence, le jeune archer pouvait se regarder comme libre et prendre du service chez tel seigneur qui lui conviendrait. Deux larmes parurent au bord des paupières d'Othon, mais furent aussitôt séchées par la flamme qui lui monta au visage ; et, sans rien répondre, le jeune archer s'inclina et sortit.

Ce n'était pas sans peine que le prince avait pris une pareille résolution, et il avait dû en appeler au sentiment de colère qu'avait éveillé en lui l'obstination du coupable pour le punir aussi sévèrement. Aussi, pensant que le jeune homme se repentirait, le prince alla à la fenêtre qui donnait sur la cour que devait traverser Othon pour se rendre au quartier des archers, et se cacha derrière un rideau afin de n'être point aperçu, certain qu'il était de le voir revenir sur ses pas. Mais Othon s'éloigna lentement et sans détourner la tête ; et le prince le suivait des yeux, perdant une espérance à chaque pas que faisait le jeune homme, lorsqu'il aperçut du côté opposé de la cour le comte Karl de Hombourg, qui venait de veiller lui-même à ce que le déjeuner de Hans lui fût servi à son heure accoutumée. Le vieux comte et le jeune archer marchaient donc au-devant l'un de l'autre, lorsqu'en levant les yeux l'un sur l'autre, ils s'arrêtèrent tous deux comme frappés de la foudre. Othon avait reconnu Karl ; Karl avait reconnu Othon.

Le premier mouvement du jeune homme fut de s'éloigner ; mais Hombourg lui jeta les bras autour du cou et le retint en l'appuyant contre son cœur avec toute la force de la vieille amitié qui, depuis trente ans, l'unissait à son père.

Le prince pensa que le bon chevalier devenait fou ; un comte embrassant un archer lui paraissait un spectacle si étrange, qu'il n'y pouvait croire : aussi ouvrit-il sa fenêtre en appelant Karl de toutes ses forces. À cette apparition, le jeune homme n'eut que le temps de faire promettre au vieux chevalier qu'il lui garderait le secret, et s'élança dans le quartier des gardes, tandis que Hombourg se rendait à l'invitation du prince.

Le prince interrogea Hombourg ; mais ce fut Hombourg qui à son tour ne voulut rien dire. Il se contenta de répondre qu'Othon ayant été longtemps au service du landgrave de Godesberg, il l'avait connu là tout enfant et s'était attaché à lui, de sorte que, lorsqu'il l'avait rencontré, il n'avait pas été maître d'un premier mouvement de joie : il convenait, au reste, avec la bonhomie qui lui était habituelle, que ce premier mouvement l'avait entraîné au delà des bornes du décorum. Le prince, qui regrettait sa sévérité envers Othon parce qu'il soupçonnait quelque mystère dans cette bizarre absence, saisit cette occasion de revenir sur ce qu'il avait fait : en conséquence, il appela un serviteur et lui ordonna d'aller dire à son archer qu'il pouvait rester au château, et qu'à la sollicitation du comte Karl de Hombourg, le prince lui pardonnait ; mais le serviteur revint en disant que le jeune homme avait disparu avec Hermann, et que nul n'avait pu lui dire ce qu'ils étaient devenus. Le prince fut quelque temps tellement préoccupé de cette disparition, qu'il en oublia le combat de la veille ; mais bientôt ce souvenir revint à son esprit, et avec lui le regret de laisser sans récompense le dévouement du chevalier inconnu. Il consulta le comte Karl sur ce qu'il avait à faire à ce sujet, et le vieux chevalier lui donna le conseil de proclamer que, la main d'Héléna appartenant de droit à son défenseur, le chevalier au cygne d'argent n'avait qu'à se présenter pour recevoir une récompense que rendaient précieuse, même pour un fils de roi, la beauté et la richesse d'Héléna. Le même soir, le comte Karl quitta le château malgré les instances du prince, des affaires de la dernière importance le rappelant, disait-il, auprès de son vieil ami le landgrave de Godesberg.

Othon attendait le chevalier à Kerveinheim : ce fut là qu'il apprit le désespoir du landgrave. Tout avait disparu devant l'idée de son père souffrant et malheureux, tout jusqu'à son amour pour Héléna. Aussi exigea-t-il du comte qu'ils se remissent en route à l'instant même. Mais le comte avait une autre espérance : c'était de ramener à la fois au landgrave son épouse et son fils ; car il espérait qu'un mot du fils obtiendrait de la mère ce que n'avaient pu obtenir les prières de l'époux.

Hombourg ne se trompait pas : trois jours après, il regardait, à travers des larmes de joie, son vieil ami serrant entre ses bras sa femme et son enfant, qu'il avait crus perdus pour toujours.

Cependant le château de Clèves paraissait vide et Othon, en partant, en avait enlevé la vie. Héléna priait sans cesse dans la chapelle de la princesse Béatrix, et le prince Adolphe de Clèves ne cessait de regarder au balcon s'il ne voyait pas revenir le chevalier au cygne d'argent : le père et la fille ne se rassemblaient plus qu'aux heures de repas. Chacun d'eux s'inquiétait de la tristesse de l'autre ; enfin le prince Adolphe résolut de mettre à exécution le conseil que lui avait donné le comte de Hombourg. Et, un soir que Héléna avait prié toute la journée et qu'elle se retirait pour prier encore, son père l'arrêta au moment où elle allait franchir le seuil de la porte.

– Héléna, lui dit-il, n'as-tu pas plus d'une fois, depuis le jour du combat qui t'a si heureusement délivrée du comte de Ravenstein, pensé au chevalier inconnu ?

– Si fait, monseigneur, répondit la jeune fille ; car je crois n'avoir pas adressé une prière à Dieu, depuis ce jour, sans lui avoir demandé de le récompenser, puisque vous ne pouvez le faire, vous.

– La seule récompense qui conviendrait à un aussi noble jeune homme que celui-là paraissait être, c'est la main de celle qu'il a sauvée, répondit le prince.

– Que dites-vous, mon père ! s'écria Héléna en rougissant.

– Je dis, répondit le prince reconnaissant dans l'expression du visage de sa fille plus de surprise que d'inquiétude, que je regrette de n'avoir pas mis plus tôt à exécution le conseil que m'a donné Hombourg.

– Et quel est ce conseil ? demanda Héléna.

– Tu le sauras demain, répondit le comte.

Le lendemain, des hérauts partirent pour Dordrecht et pour Cologne, proclamant partout que le prince Adolphe, n'ayant pas trouvé de plus noble récompense à offrir à celui qui avait combattu pour sa fille que la main même de sa fille, faisait prévenir le chevalier au cygne d'argent que cette récompense l'attendait au château de Clèves.

Vers la fin du septième jour, comme le prince et sa fille étaient assis sur le balcon de la princesse Béatrix, Héléna posa vivement une de ses mains sur le bras de son père, tandis qu'elle lui montrait, de l'autre, un point noir qui apparaissait sur le fleuve, à la pointe de Dornick, c'est-à-dire à l'endroit même où avait disparu Rodolphe d'Alost.

Bientôt ce point devint visible. Héléna reconnut la première que c'était une barque montée par trois maîtres et six rameurs. Bientôt elle put distinguer que ces hommes étaient revêtus d'armures, avaient la visière baissée, et que celui qui se tenait au milieu des deux autres, portait au bras gauche un écu armorié. Dès lors ses yeux ne quittèrent plus le bouclier ; au bout d'un instant, il n'y eut plus de doute : ce bouclier portait pour armes un champ d'azur avec un cygne d'argent le prince lui-même, malgré sa vue affaiblie, commençait à le distinguer. Le prince ne pouvait contenir sa joie ; Héléna tremblait de tous ses membres.

La barque prit terre : les trois chevaliers descendirent sur le rivage et s'acheminèrent vers le château. Le prince saisit Héléna par la main, et, la forçant de descendre, il la conduisit presque de force au-devant de son libérateur. Au haut du perron, les forces lui manquèrent, et le prince fut forcé de s'arrêter : en ce moment, les trois chevaliers s'avancèrent dans la cour.

– Soyez les bien reçus, qui que vous soyez, leur cria le prince, et, si l'un de vous est véritablement le brave chevalier qui est venu si courageusement à notre aide, qu'il s'approche et lève la visière de son casque, afin que je puisse l'embrasser à visage découvert.

Alors celui qui portait l'écu armorié s'arrêta un instant lui-même, s'appuyant sur l'épaule des deux chevaliers qui l'accompagnaient, car il paraissait aussi tremblant que la jeune fille ; mais bientôt il sembla se remettre, et, montant une à une les marches du perron, toujours escorté de ses deux compagnons, il s'arrêta sur l'avant-dernière, fléchit le genou devant Héléna, et après un dernier moment d'hésitation, leva la visière de son casque.

– Othon l'archer ! s'écria le prince stupéfait.

– J'en étais sûre, murmura la jeune fille en cachant son visage dans la poitrine de son père.

– Mais qui t'avait donné le droit de porter un casque couronné ? s'écria le prince.

– Ma naissance, répondit le jeune homme avec cette voix douce et ferme que le père d'Héléna lui connaissait.

– Qui me l'attestera ? continua Adolphe de Clèves doutant encore de la parole de son archer.

– Moi, son parrain, dit le comte Karl de Hombourg.

– Moi, son père, dit le landgrave Ludwig de Godesberg.

Et tous deux, en disant ces mots, levèrent à leur tour la visière de leur casque.

Hait jours après, les deux jeunes gens furent unis dans la chapelle de la princesse Béatrix.

Voilà l'histoire d'Othon l'archer telle que je l'ai entendu raconter sur les bords du Rhin.